De A à femme

Alwena

De A à femme

Livre 1

Des jours tristes et noirs

ISBN : 978-2-407-01971-7

Date de dépôt légal : février 2021

PRÉFACE

Je n'aime pas les préfaces, l'important étant les enseignements que l'on tire de ce qu'on a lu. Les préfaces pour faire des périphrases et camoufler à quelle sauce insipide vous serez mangés, ou faire des effets de manches, n'ont à mon sens que peu d'intérêt.

Pourtant, méfiez-vous d'Alwena. Elle n'est pas celle que l'on croit, et elle pourrait n'être qu'un mirage. C'est le seul mystère que je vous offre.

Toutefois, il me faut préciser que ce premier livre est le début d'une suite de trois. Celui-ci relate ma vie avant mon hospitalisation. Le deuxième, en cours de finalisation, raconte la fin de ma transition. Mais comme je restais sur ma faim, je suis dans l'écriture de ma vie telle que j'aurais pu la vivre.

NAISSANCE

Bien que, dans ma mémoire, je ne sache pas en terme de temps inscrire ce moment dans les jours : je suis née, évidemment, parce que je me livre là, mais surtout parce que j'ai encore en moi la trace de ce jour.

Cet instant différent, ce basculement, ce passage entre rien et maintenant a été couché sur le papier de la façon suivante :

Le sept décembre mil neuf cent cinquante-trois, vingt et une heures est né L… du sexe masculin, † fille de ….

Le signe cabalistique renvoi à l'errata dans la marge.

Ce n'est seulement qu'en étant adulte que j'ai eu cette conscience, puis mis des mots sur ce ressenti.

Celui-ci, d'ailleurs, ressemble à un cauchemar, de ces moments lancinants comme des rages de dents qui reviennent sans cesse et vous laissent un goût amer dans la bouche.

Rétrospectivement, je dirais que je suis née consciente de la vie, consciente d'être.

J'étais déjà dotée de la capacité d'inscrire dans mes souvenirs. Et finalement, cela ne me donnait que cette chose si particulière de pouvoir énoncer cette vérité brute : je me souviens de ma naissance.

Chaque matin, mais plus précisément encore à chaque réveil, je faisais un horrible cauchemar, qui se diffusait en moi comme un poison.

Je le sentais couler dans mes veines, j'étais tout autant paralysée de savoir qu'il serait présent que de le vivre.

C'est en années qu'il faut compter pour que j'entende siffler les oiseaux le matin, car moi je n'avais que ça : une immense bulle, translucide comme une bulle de savon, et tout aussi fragile et éphémère.

J'étais prisonnière à l'intérieur de celle-ci, donc livrée à son bon vouloir, elle-même livrée aux caprices de l'infini, toutes les deux ballottées de tous sens, sans moyens d'intervenir.

Tout à coup, au milieu du nulle part où nous étions, sans repères de temps ni de lieu, sans personne autour, elle éclatait.

Elle me livrait à une errance sans fin vers un autre endroit de l'infini, dans un voyage d'angoisse et d'inquiétude.

Puis mes yeux s'ouvraient, la vie était là autour, dans le silence d'une chambre, mon cœur battant à se rompre. Hurlant, je pleurais les larmes qu'il me restait de la veille, et ma journée commençait ainsi.

Cette nouvelle journée n'était d'ailleurs qu'un long moment neutre vers le cauchemar suivant, vers la bulle du lendemain.

La vie avait pourtant le temps de me laisser quelques moments à apprécier, de ces choses instinctives dont on sait que c'est ça, sans pour autant en avoir aucune référence.

De par l'urine de mes couches, j'avais la prescience d'un quotidien triste et insipide.

Mon affreux rêve m'amenait d'un bout à l'autre de l'infini, et ma vie d'un bout à l'autre de l'inutile.

Même ma maman semblait absente. Je peux même être affirmative : était absente, car dans ces jours qui n'étaient que la copie du précédent, elle n'en était pas.

DEUX ANS

Deux ans, c'est le temps qu'a duré le règne sans partage ni concession du cauchemar, internée dans mon propre camp de concentration si personnel et si particulier, livrée à ma propre torture.

Puis… Puis plus tard, la vie a pris un autre goût dans un événement d'importance, et le prétexte a dû être habile pour nous traîner là, dans cet orphelinat.

Nous, car il y avait deux sœurs et un frère autour de moi, que mes yeux n'avaient guère vus, fratrie dont les visages n'étaient pas encore entièrement imprégnés dans ma mémoire.

Je pense que la fierté de partir dans la Chenard & Walker de notre grand-père a dû aider, dans ces années juste après-guerre.

L'envie de découverte d'un ailleurs autre que notre petit village de quatre-vingts habitants aussi.

Peut-être quelques mensonges savamment distillés ont-ils donné du liant à la sauce.

De notre arrivée là-bas, je n'ai que quelques furtives images : dont celle d'une femme austère et sans sourire sincère, celle d'une demeure magnifique, dont nous ne verrions plus que l'arrière-cour par la suite, amenant même à douter de ne pas les avoir affabulées, ces choses légères et ce chocolat chaud du goûter.

M'entourant d'affection, je sais que mes sœurs et mon frère étaient là, recroquevillés ensemble, comme une portée de jeunes chiots que nous étions.

Bien qu'austère et stoïque, la femme volubile de l'accueil a laissé la place à d'autres cerbères pires, car sans élégance de vie, d'âme, ni de prestance.

Le goûter au chocolat chaud se transforma vite en soupe à la grimace.

Les souvenirs continuaient de s'inscrire en moi, comme s'agglutine inutilement du miel dans une ruche sans reine, et ils étaient loin d'être du miel doux au goût comme celui de mon grand-père ; ces instants-là étaient plutôt amers.

J'ai encore à hauteur des yeux, en montant l'escalier, ces bébés assis sur leur pot tout le jour durant, à pleurer, renifler leur morve mêlée de larmes, sans même un regard d'affection, sans même un regard tout simplement, comme s'ils n'eurent pas existé, comme s'ils n'étaient rien, pas même une statue.

Mon cœur a-t-il crié à haute voix mon désarroi, mon indignation, ma peur et mon angoisse ? Je ne le sais pas.

Je sais juste que, dorénavant, je n'étais plus une enfant neutre, et que la considération, qui d'ailleurs n'existait pas ici, ne me serait jamais accordée.

Cela a amené des bras de fer psychologiques, du genre de refuser de manger.

Je n'en avais que faire de manger ou pas ; vous parlez d'une punition…

Car dans cette époque de vaches maigres pour tous, où nous étions parmi les pauvres, nous avions vécu des disettes pires que ça.

Encore maintenant, je suis fière de ça, de moi, je me suis imposée.

J'ai imposé d'être respectée, bien que paradoxalement ne sachant pas ce que j'étais et qui j'étais vraiment.

Le céleri rémoulade : très peu pour moi ! Mais, comme je le suppose à l'armée, il y avait la ration réglementaire, dont je picorais un par un chaque morceau.

Je ne montrais pas la moindre volonté d'aimer ça, et ne laissais même pas entendre que j'aimerais un jour.

J'étais sur la sellette et voulais juste que le temps s'écoule et m'emmène ailleurs.

Le ton, les injonctions, les ordres et les hurlements ne m'ont pas assez mordu les fesses pour que je les croie chiens méchants en furie.

Je continuais à picorer, et au train de sénateur que j'avais adopté, il m'aurait fallu plusieurs siècles pour terminer mon assiette.

Les rations avaient un aspect réglementaire, le temps aussi, car un « tu aurais dû avoir fini » me sortit de l'engourdissement salutaire où je m'étais plongée.

Cette affirmation venait pour ponctuer le mouvement de louche qui empilait les pâtes sucrées par-dessus mon céleri... Raccourci d'écriture, car ce céleri n'était pas le mien, et que je ne voulais rien avoir à faire avec lui, ni d'ailleurs avec les pâtes qui venaient l'accompagner ; et oui, sucrées, je ne me suis pas trompée.

Toujours aussi dédaigneuse de la faim, que je n'avais pas, j'étais outrée.

Ce n'était pas que l'on me mette tout ensemble qui m'était le plus insupportable, mais que l'on me fasse manger des pâtes, choses inconnues chez moi, en plus avec du sucre, ce qui leur donnait juste un goût de : « J'ai envie de vomir. »

L'offuscation rebelle vint par une de mes sœurs qui s'érigea en défenseuse, ce qui lui valut des représailles pour s'être mêlée de ce qui ne la regardait pas.

Moi, je rêvais de pommes de terre au lard, de lapin chassé par mon père et mijoté des heures, de pâtés dans des terrines de terre préparés par ma mère, car elle existait quand même, puisqu'elle nous faisait des pâtés, dont la certitude m'est venue plus tard.

Cela faisait que leurs choses sans nom et infâmes qu'elles voulaient m'astreindre à manger n'étaient pas de la nourriture à mes yeux.

Bien entendu, ce repas eut une fin, celle où tout s'était empilé en une sorte de millefeuille de mets différents, sauf mon dessert.

Était-ce une manipulation confiscatoire pour que l'une d'elles le mange ? Car, pour confesser des péchés, il faut bien en faire après tout.

Et ce n'est pas comme les confessions de nos enfances où maman, rattrapée par le temps qui passait, nous envoyait.

Chemin faisant, nous étions à fourbir nos armes, nos mensonges, et cela se réduisait à une question : quel péché confesser ?

Nous n'en étions pas responsables, car la confession est obligatoire pour être un bon chrétien, et implique une faute ; mais comme nous n'avions humblement rien à nous reprocher, il fallait bien inventer.

Cet exercice n'était pas si simple, car il fallait se trouver dans une position médiane consistant à ne pas toujours confesser la même chose, ni être trop original, comme la luxure lorsqu'on a cinq ou six ans.

Exercice de style délicat.

Et le repas se rappela à moi. D'abord, les autres s'étaient levés, et étaient partis à leurs occupations de sieste ou d'école, endroit mystérieux pour moi qui je n'y allais pas.

La seule chose que j'en savais, c'était que mon frère et mes sœurs y allaient et me laissaient seule.

La fratrie fit corps, et nous fûmes les derniers, seuls à table.

Jusqu'au bout du bout, ils restèrent pour me soutenir, jusqu'à ce que sans doute de terribles représailles ne soient envisagées et leur soient promises.

Je ne sais plus jusqu'à quelle heure avancée de l'après-midi j'ai résisté devant mon assiette, seule et harcelée.

Ce dont je me souviens, c'est que cela a duré longtemps, car une de mes sœurs, celle qui s'était déjà indignée, est venue après être rentrée de l'école.

Peu après, la table du soir fut mise ; pas besoin de se lever pour jouer le deuxième acte… que je m'apprêtais à vivre comme le premier.

Merci femmes sans âme et sans cœur de m'offrir le couvert.

Au moins, on sait pourquoi elles ont besoin de prières pour mériter leur paradis.

L'épisode de l'assiette pleine fut une distraction, au vu des autres moments de la vie qui passèrent, vides, sans but, sans affection, dans l'absence fuyante et feutrée de ces gardiennes d'âmes.

Elles nourrissaient les estomacs, et encore… Alors que c'était leur fonds de commerce que de sauver les âmes.

Étonnamment, je n'ai aucun souvenir de mes couchers, de mes réveils, de l'endroit où je dormais. Sans doute que je m'y oubliais, et les oubliais par la même occasion.

Je n'ai que de vagues souvenirs d'hygiène matinale, car assez nouvelle dans ma vie, et de lavages de mains encore et encore, comme la purification de péchés que nous n'avions pas commis.

Peut-être qu'être nés était déjà un péché suffisant à leurs yeux.

Les jours d'école, habillés de quelques vieux vêtements donnés par une dame patronnesse, chacun partait vers son destin du jour.

Pour moi, le destin était d'aller dans une courette derrière le bâtiment.

J'y étais seule, toujours et toujours seule, et, au travers du grillage, je voyais passer dans la rue mes sœurs et mon frère, partant pour l'école.

Celles qui m'astreignaient à cette courette savaient-elles le déchirement que cela provoquait en moi ?

Était-ce vraiment un geste généreux que de me donner encore quelques instants pour les voir partir, ou une cruauté malsaine ?

Elles ne cherchaient même pas à le savoir, car je n'y voyais jamais personne, et de ce point de vue, elles remplaçaient bien ma maman, toujours aussi mystérieusement absente pour moi.

Mon monde d'interrogations n'était peuplé que de : « Qu'ai-je fait ? Pourquoi me rejeter de la vie, moi qui m'agrippe à vous qui auriez dû m'aimer et me garder dans la douceur de vos sentiments ?

Qu'ai-je fait pour subir ce bannissement, ne serait-ce que de l'ordinaire de la vie ? Pourquoi m'enlever l'indispensable ? »

Mon monde ne serait donc qu'un grillage, un mur avec une petite porte ouvrant sur un jardin, à l'arrière du bâtiment à belle façade de ces femmes parées d'intentions, d'intentions seulement.

Cet exil de la vie n'était peuplé que d'un marronnier sans branches. La brume est aussi dans ma mémoire, et c'est sans doute que ce jour-là était plus pénible que les autres, que je me suis sentie plus abandonnée que d'habitude, pour que je m'en souvienne.

Pour m'accompagner, un rouge-gorge, dont je pourrais me rappeler le prénom pour peu qu'il en eût un, parfois venait me regarder jusque sous le nez, peut-être pour compter les larmes qui tombaient de mes yeux.

Est-ce depuis ce jour que je n'ai plus prêté d'intérêt au temps qui passe, au jour où l'on est ?

Les dimanches aussi étaient insupportables de froid et d'humiliation pour tous les enfants perdus de cet orphelinat.

Comme une sorte de récompense, nous partions en promenade à l'extérieur, dans les faubourgs de la ville, et comme le public regarde passer une course cycliste, les riverains nous regardaient passer.

Pleins de curiosité, ils nous soupesaient du regard, nous jaugeaient, nous jugeaient, supposant nos vies et nos passés, et de là le futur que nous n'aurions pas.

Le regard lourd de certains donnait un sentiment de honte, dans lequel nous n'étions que « les enfants de l'orphelinat ».

Sorte de dernière étape entre l'humain et l'animal, à qui il est donné gîte et couvert, alors qu'eux sans doute crevaient de faim dans cet après-guerre où tout manquait.

Après avoir usé tout l'après-midi de détours, nous rentrions les jambes bleuies, transpercés de froid et de déchéance, empreints plus que la veille encore de solitude, ruisselants de honte, écrasés d'abandon.

Souriantes avec leurs cornettes, les bonnes sœurs savaient-elles quelle souffrance intérieure était la nôtre ?

Était-ce la béatitude de Dieu ou la volonté de ne pas voir ? Question qui demeure pour moi sans réponse.

ÉVASION

Puis un jour, à l'improviste, on nous fit habiller de nos vêtements civils ; les trois autres de la fratrie n'étaient pas à l'école et je n'étais pas abandonnée dans ma courette.

Tous les quatre fûmes amenés dans un endroit étrange et inconnu de nous, un genre d'octroi, frontière entre les mondes.

C'était devant la demeure de l'autre côté des plates-bandes entourées de buis taillé, et avant le porche de sortie.

Étrange endroit, où il n'y avait qu'une pièce meublée d'un bureau.

Nous étions attendus par notre grand-père, et par un homme que les autres ont appelé papa.

Ce papa qui, jusqu'à ce moment, m'était tout aussi inconnu que ma maman, était-il juste au reste de la fratrie ou bien avais-je le droit d'imaginer qu'il soit aussi pour moi ?

Après qu'ils aient signé au bas d'un registre grand comme la table, nous avons quittâmes ce lieu sinistre.

De ces instants, je n'ai pas compris grand-chose, mais je les garde encore en moi comme on garde dans le creux de sa main une pierre trouvée à terre et jugée précieuse.

Mon joyau est fait de ces quelques images furtives qui me sont restées.

Mon grand-père, avec son semblant de moustache faite de poils mal taillés, et ce papa tout nouveau pour moi sont la représentation de la liberté.

Voilà ce que j'emportais avec moi, ces derniers maigres instants qui sont venus s'ajouter à ceux qui avaient égrainé ma vie d'exil de la vie, pendant plusieurs mois, peut-être même plusieurs années ; je n'en sais strictement rien ; car ils étaient intemporels, longs et ennuyeux.

J'emportais donc ceux-là, et celui d'être collée à la vitre de la voiture lorsqu'elle a démarré.

Dans mes yeux et dans mon cœur, il n'y avait pas de regrets. Il n'y avait que de l'inquiétude.

J'ai craint qu'une des sœurs ne sorte en courant par la porte vitrée de petits carreaux pour nous retenir, que ce départ n'ait été qu'une fausse évasion, qu'il y ait eu quiproquo.

Ensuite ? Je me suis endormie, dans le sens où je n'étais plus présente. Mon esprit était ailleurs. Je suis entrée en léthargie, engourdie par la quiétude ambiante.

La vie est devenue ensoleillée, chaleureuse, paisible et facile, une vie pour enfant, pleine d'insouciance, bien que du « malgré tout » rodât.

RETOUR

Finalement, le quotidien prit la place de ces grands chamboulements, de ces moments si éprouvants émotionnellement, je dirais presque hélas.

Vraiment, je ne chipote pas en disant ça.

Le reste de la fratrie est retourné à l'école, et moi à mon quotidien vide, le marronnier, la brume et le rouge-gorge en moins. Pour peu, ils m'auraient manqué.

Je me retrouvais donc encore séparée d'eux, bien qu'ils fussent en face dans la rue, là où était l'école communale.

Cela ne les empêchait pas d'y arriver en retard car, dans son imprévoyance chronique, notre mère les apprêtait au dernier moment.

Même n'étant plus harcelée de cris ni de pleurs, de sévérité outrancière, les jours se suivirent, monotones d'instants sans vie, faisant regretter les pâtes au sucre, cet épisode ayant eu, au moins, une intensité.

Je tâchais tant bien que mal de passer le temps dans des occupations futiles.

Je ne jurerais pas que je n'ai pas joué à compter mes doigts, et à recommencer pour voir s'il ne m'en était pas poussé ou tombé un entre temps, mais... je ne me rappelle pas bien de tout.

Puis du silence et de la méditation naquit une vérité.

Je sortis donc de cette monotonie, partant à l'aventure de moi-même, à la recherche d'un semblant de quelque chose, et j'avais tout le temps voulu pour ça.

Je farfouillais donc dans les choses, les gens, les sentiments, comme si j'inventoriais un vieux coffre où tout était bon à soupeser.

J'examinais la vie sous tous ses aspects, comme le font des singes trouvant un miroir.

Je ne comprenais pas tout, et certains de ces moments sont restés encore maintenant des énigmes pour moi.

Sur « la planche », étagère posée presque au plafond, hors de portée d'enfant, la radio réglée sur Radio Luxembourg, au milieu des odeurs de linge bouilli, crachotait du général, des chansons de Chevalier, de comiques troupiers, de Trenet.

Piaf y était présente aussi, et sa voix transperçait mon corps, ses trémolos chaviraient mon cœur.

Elle m'emplissait de frissons et de mélancolie, à l'entendre chanter ses amours.

Elle chantait sa vie et je chantais avec elle. C’était beau, c’était vrai.

Maman, ayant enfin un visage, était là et moi, la regardant pleurer, je n’attendais qu’une seule chose. Qu’elle m’aime.

Mais les rares étreintes que nous avons eues dans ces moments-là étaient pour que moi je lui en donne, que je la rassure, sans même que je sache ce qu’elle attendait de moi.

Comment aurais-je pu ? Comment aurait-elle pu ? Elle qui, comme moi, avait l’âme brisée et le cœur dévasté.

Elle a certainement fait tout son possible. C’est ce qui fait qu’elle reste ma maman et que je lui garde mon affection, malgré ce non-amour, qui était bien différent de la désaffection, car je n’étais pas seule à en faire l’objet.

Et voilà, c'est comme ça que j’ai découvert que j’avais une maman qui jamais ne pourrait venir à mon secours, dont jamais les bras ne seraient un havre de douceur.

Jamais des mots susurrés à l’oreille ne dissiperaient mes mauvais rêves.

Jamais rien d’autre que des échanges vides d’amour et pleins de larmes ne viendraient peupler nos tête-à-tête.

Elle a bien tenté, elle m’a bien donné des moments à part, mais elle n’a jamais explosé de tendresse, malgré ce que certainement elle voulait.

La lecture de quelques romans, et de Michel Strogoff [1] en particulier, était son échappatoire, et qu'il ait eu les yeux brûlés aux fers rouges ajoutait à mon désarroi.

Je l'imaginais, errant dans la neige, nulle part et sans repère, perdu comme moi je l'étais, fou de douleurs ; et les siennes s'ajoutaient aux miennes.

Évidemment, tout cela m'a donné un caractère de fer, mais je me sentais bonne à jeter sur le tas d'immondices, là où les poules venaient picorer.

Dans mes pensées infantiles, je me disais que si je n'avais pas raison de penser ça, pourquoi mes parents se dérobaient-ils à moi ?

Avais-je le choix, du haut de mes quelques années, lorsque, sans le savoir, sans même le comprendre, instinctivement, j'ai ressenti que je n'étais qu'un détritus de la vie ?

Pouvais-je affirmer que la douceur de l'amour n'était pas pour moi ?

Ma vie ne serait plus qu'une seule chose : un doute permanent et insondable, fait de manque et de douleur.

Elle n'aurait plus jamais le même goût, le soleil d'été brûlerait ma peau, mais mon cœur resterait froid de l'amour qu'il attendrait mais ne viendrait pas.

Comme autour de moi il y avait si peu, je suis partie en voyage en moi-même, à la découverte de cette vie qui était la mienne.

La radio grésillait toujours de chansons, et le général gardait le trône qu'il s'était octroyé.

Le linge bouilli venait prendre la place du précédent, et ma mère pleurait des larmes prenant la place des larmes précédentes.

Seules et désemparées, nous pleurions, et j'ai encore sur les joues la trace de ces pleurs lourds et impuissants de mon enfance, comme de me savoir inutile en soulevant la tête d'un oiseau mort.

Dans les bras de ma maman, je pleurais en serrant sa tête contre la mienne, pour l'aimer.

Les frémissements que son cœur n'avait pas me faisaient mal, car j'imaginais que l'amour que je lui donnais n'était pas suffisant, ou n'était pas ce qu'elle attendait de moi.

Je pense que j'avais à ce moment trois ans, quatre tout au plus, et je commençais à m'autoriser à vivre, à me projeter, à tenter d'imaginer que la vie puisse être autre chose, autre chose que de la douleur.

C'est dans cette période-là que j'ai vraiment commencé à vivre mon enfance. Je me suis construite comme je suis, et n'était plus cette âme oubliée de tous dans une bulle de savon. J'existais, avec toutes les émotions que cela procurait.

C'était un temps doux comme une image d'Épinal. Dans mon souvenir, des rayons de soleil perçaient la pénombre et, dans la cuisine, jouaient à compter les grains de poussière en suspens dans l'air.

Étrangement, la radio diffusait une émission appelée « Ça va bouillir », comme si l'animateur était ici, dans notre quotidien fait de linge à laver.

Ayant cette prescience de savoir que la vie n'est faite que de ce qu'on y amène, je furetais pour voir ce qu'il y avait dans la mienne, dans mes alentours, et ce que j'allais y mettre.

Je ne sais pas vraiment comment décrire mon sentiment lorsque je suis tombée en arrêt, comme un chien de chasse face à un gibier, devant une jupe de ma sœur, celle de l'épisode orphelinat.

Je l'avais vue des dizaines de fois, cette jupe. Mais cette fois-ci, je l'ai vue différemment.

Comme un dieu apparaissant entouré de lumière sur les vitraux des églises, elle m'est apparue baignée de vérité, elle m'est apparue comme étant à moi.

Je l'ai enfilée.

J'ai existé.

Je suis née à la vie à cet instant.

Je suis née tout simplement, comme j'aurais dû l'être quelques années auparavant, autrement que dans cet officiel « de sexe masculin, fille de... » sur mon acte de naissance, rectifié en « fils de », que le bien-pensant de la société a imposé, conjointement à la dictature anatomique du petit robinet.

J'étais fière et heureuse de vivre. Je me projetais dans cette allure aérienne et riante des femmes que l'amour embellit. Au passage, en sortant de la pièce, j'ai chipé les escarpins de maman et me suis présentée fière de moi à elle, qui était encore et toujours à pleurer dans la cuisine.

Son attitude a été désarmante, car il n'y a eu ni amusement, ni cris, ni sermon, juste une sorte de résignation exprimée dans un « Il ne faut pas faire ça » laconique et sans âme.

J'ai senti que j'apportais encore plus à son chagrin, sans vraiment comprendre à quoi cela correspondait.

Cela reste mon souvenir le plus vrai et le plus doux dans ma vie.

J'étais moi et rien que moi, dans la pureté de mon enfance, dans l'innocence, loin de la dureté de la vie tout autour, loin du calvaire qui plus tard serait le mien.

Jamais plus il ne reviendrait avec autant de vérité et de pureté, mais je le garde dans mon cœur comme un trésor, comme le moteur de ma vie, ce moment précieux et initiatique.

Mais, sans le savoir, j'avais mis le doigt sur quelque chose. Car m'habiller en fille la repoussait encore plus dans le chagrin. Que n'ai-je pas vu ça !

Peut être déçue de m'être fait retirer ma tenue féminine, j'ai développé une attitude incomprise et troublante, y compris pour moi.

Je jouais dehors, car, chez nous, il n'y avait pas d'intérieur et d'extérieur, mais un dedans et dehors, et, bien qu'ayant des souliers neufs, je les enlevais systématiquement.

Je m'asseyais en bordure de rue à regarder passer les gens dans leurs activités, puis, c'était immanquable, madame de-quoi-je-me-mêle, la voisine, venait au portail alerter maman. « Dédée !!! » pour Andrée, criait-elle jusqu'à ce qu'elle vienne, lui disant alors « Il a encore retiré ses chaussures ! » Elle n'arrêtait pas.

Cela m'irritait profondément d'être épiée et dénoncée, et peut-être l'usage du masculin y était-il déjà quelque chose de rédhibitoire.

Ah ça, pour me dénoncer, j'existais, mais pour le reste, j'avais cette mauvaise impression d'être transparente.

Pour les gens autour de moi, il me semblait exister de manière différente, comme dans l'obstination de leur erreur, comme un quiproquo, une connivence savamment orchestrée.

Oui c'est ça, les connivences orchestrées, les ententes tacites, c'est ce à quoi j'avais l'impression d'être confrontée.

J'étais une petite fille pleine de vie et d'envies. Je me fichais un peu de ne plus avoir le droit de porter de jupe, mais je détestais être considérée garçon seulement à l'aune de mes souliers.

Quoi qu'en dise le proverbe, dans l'après-guerre de mon bout de campagne de naissance : l'habit y faisait le moine.

C'est donc insidieusement que j'ai découvert que j'étais considérée de sexe masculin, moi qui jouais essentiellement avec mes sœurs à des jeux de filles, moi qui voyais tout avec mes yeux de fille.

Ce fut encore un moment étrange que celui où j'ai entrevu le dilemme :

– Ou bien je suis fille, et les autres sont obtus de ne pas me voir ainsi.

– Ou bien je suis un garçon, ils me considèrent irraisonnable et c'est moi qui n'ai pas de raison.

Le tribunal de la vie du moment dit que, dans l'attente de preuves complémentaires, la sentence resterait en délibéré, chacun sur ses positions, et la vie continuerait.

La fin des logiques était à définir, et le dilemme resterait longtemps entier, jusqu'à ce que, bien plus tard, je tranche ce nœud gordien.

Ma vie du moment aura été de fureter un peu partout, de projeter mes oreilles dans des conversations qui m'étaient normalement fermées.

Voilà comment naquit mon doute.

Ce ne fut pas immédiat, mais cela se cristallisa petit à petit. À ce moment-là, je n'étais que dans la constatation de mots.

Les ressentis internes de mon corps parlaient et me disaient quelque chose de différent.

Aujourd'hui, je dirais que j'avais l'impression d'être intersexuée, et j'ai encore des doutes sur les douleurs « ovariennes » de mon adolescence.

Mais ce sont aussi des instants de petits bonheurs différents, inhabituels.

Au-delà de la neige de Strogoff, il y avait celle entourant notre maison de froid, et qui façonnait des étoiles de givre sur les vitres.

Nous courions les alentours, neige jusqu'au ventre, fiers d'avoir dans notre imaginaire pourchassé quelques loups ou même un ours blanc, mais nous ne savions pas que cela existait.

Puis revenir au soir tombant, trempés jusqu'à la poitrine, devant notre mère qui semblait ne pas savoir que nous étions sortis.

Sans doute était-ce cet hiver où nous nous étions perdus dans le bois derrière la maison, qu'un fermier alla prévenir notre mère, inquiet de nous voir de l'autre côté de son pré, si loin de chez nous.

Le seul petit poêle de la maison, que nos parents avaient mis dans notre chambre, rougeoyait ce soir-là, d'être poussé comme l'on pousse une locomotive.

C'est l'un de mes rares agréables souvenirs que celui d'être entourée de ma fratrie, lovée comme une chatonne. J'existais, bien que la morsure du froid ait été forte.

Celui-ci frappait à la vitre, mais je m'endormais là, insouciante de la vie.

Voilà peu de choses dans cette vie misérable qu'était la nôtre, et la mienne plus particulièrement.

Peu finalement, si ce n'est des espoirs déçus, ceux que je commençais à m'imaginer ce dimanche après-midi, en captant une discussion entre mes parents, ma tante et mon oncle, frère de papa.

Nous étions tous les cinq, eux n'ayant pas d'enfants, et il était question d'adoption, même si le mot n'était pas prononcé, comme cela se pratiquait dans cette époque.

C'est je crois le plus grand cadeau qui m'aurait été fait, car j'étais en extase devant ma tante.

Dans cet après-guerre où, globalement, les gens étaient démunis de tout, dans ce coin reculé de campagne, elle était pétillante et lumineuse.

Toujours maquillée et tirée à quatre épingles, elle était l'incarnation que j'avais de la femme. Et quel contraste avec ma maman qui pleurait tout le temps !

Finalement, à défaut d'adoption et de jours heureux, sont venues s'inscrire des saisons dans cette vie.

L'été, ce moment où tout semble facile, où même les rares nuages hauts dans le ciel courent pour se réfugier ailleurs.

L'été, époque des cerises que nous allions chiper directement dans les arbres. Sans le défi qu'il y ait eu un risque de se faire prendre, elles n'avaient pas le même goût.

Mon frère, avec ses deux ans de plus que moi, s'attirait tout le courroux du propriétaire lorsque, rarement, on se faisait surprendre.

Lui était grand, moi trop « petit ». D'ailleurs, étais-je petit ou petite à leurs yeux.

Les jardins n'avaient pas de secrets pour nous, et lorsque nous les visitions au printemps pour chiper les fraises, nous savions déjà quels cerisiers auraient de l'intérêt. C'était notre façon de visiter un jardin.

À la décharge de mes parents, le nôtre servait à nourrir la famille, et il n'y avait ni cerisier, ni fraisiers. D'ailleurs, s'il y en avait eu, nous n'aurions pas agi de la sorte. Chiper des fruits a un code moral.

Quelquefois, désœuvrés, nous allions de chemin en chemin, nous arrêtant au gré de notre envie. Parfois, adossés à l'abri d'un talus, nous laissions le vent courir au-dessus de nos têtes pour mener les nuages, gardien qu'il était de ces moutons-là.

Allongés dans l'herbe, nous mangions du chewing-gum. Le nôtre était fait d'un épi de blé égrainé à peine à maturité, et, dans ces moments-là, j'aurais juré que c'en était.

Oui, nous étions incorrigibles, je le confesse.

L'automne, saison des prunes et des poires, arrivait ensuite.

De tous les fruits, les poires étaient tout en haut dans notre palmarès de dangerosité, car il y en avait très peu, surtout celles cultivées en échelles, enfermées dans un manteau de papier sulfurisé.

Les prunes, elles, n'étaient à prendre que parce qu'elles étaient là, certains pruniers étant au bord du chemin. Donc aucune gloire de manger ces prunes.

La chasse venait aussi à cette époque, et dans la panoplie « Je vais faire de toi un homme », mon père m'y traînait, quand je n'étais pas assez perspicace pour comprendre et rapidement m'y soustraire.

Je me rappelle encore me cacher dans notre grenier. Le souffle retenu, j'écoutais jusqu'à ce que je le sache parti.

Chasser, c'est marcher encore et toujours, jusqu'au mauvais sort qui met un animal devant nos pas, puis tirer dans un bruit infernal.

Je n'aimais pas voir ces animaux aux yeux sans vie et la tête tombante, bien que j'adorais le pâté que maman en faisait.

Cette fin d'automne avait aussi dans sa panoplie d'autres moments venant rythmer le temps, car quelques lapins ne suffisaient pas à nous nourrir.

Après l'avoir engraissé, mes parents transformaient le cochon en charcutailles et viande conservée dans le sel, mises dans notre cave à l'intérieur d'une immense amphore de terre cuite.

C'était aussi l'époque des battages, et tout un spectacle de voir débarquer ce monde particulier et éphémère.

Comme un cirque et son chapelet de roulottes, un tracteur, un des premiers avec ses roues en fer, amenait dans son sillage des remorques sur lesquelles étaient entassés des tuyaux, d'autres avec des sacs de jute empilés avec divers outillages.

Suivait cette étrange machine qui cachait ses entrailles et ne laissait voir qu'une bouche béante sur le haut de son crâne, et un postérieur tout aussi béant.

Le premier étonnement passé, j'allais épier le fonctionnement, comme lever la bâche pour voir les répétitions du cirque.

Après qu'en moins de temps qu'il n'en fallait pour le dire ce chapiteau était en place, n'y manquaient plus que les artistes.

Les « gars'd'batterie », comme ils étaient nommés ici, arrivaient au rendez-vous colporté par le bouche-à-oreille.

Ces journaliers envahissaient le village car, si certains étaient assurés d'être embauchés, pour les autres, ça serait à la tête du client, et c'est pour ça qu'ils étaient si nombreux dans l'attente.

C'était, pour les enfants du village usant leurs semelles dans les rues, l'époque des bonbons faciles.

Nous attrapions prestement les friandises que nous offraient ces hommes sans famille, sans enfants, sans attaches.

Nous n'acceptions cet échange furtif de l'offrande qui réchauffait le cœur qu'avec en tête les mises en garde de nos parents, sans d'ailleurs vraiment réaliser ce qu'il fallait craindre.

Nous étions en quelque sorte les enfants qu'ils n'auraient jamais.

Leur première paye en poche, ils allaient s'enivrer au premier bistrot venu pour y trouver un semblant de vie et un hypothétique oubli.

Les mouettes suivent les bateaux de pêche, et nous, comme des mouettes, nous étions assis à attendre sur les trois marches à l'entrée du bistrot, et elles étaient autrement plus intéressantes que les trois marches, aussi, de l'église.

Évidemment que cela n'était pas innocent. Il fallait bien quelqu'un pour ramasser la menue monnaie que leurs mains avinées laissaient tomber à terre.

Ce n'était pas la petite souris qui venait le faire pour échanger les dents en pièces. Nous prenions ça comme un devoir, presque un travail.

La récolte fut parfois miraculeuse, comme cette fois où nous avons trouvé un billet de cinquante anciens francs.

Pour nos parents, cela a d'abord été une source de tracas car cette somme, « ce n'est pas rien ». Ainsi, notre mère mit le billet dans une boite de fer blanc, peut être celle des tickets de rationnement, en attendant d'avoir une piste, à défaut du nom de celui l'ayant perdu.

Finalement, comme la rumeur resta silencieuse, il fut utilisé à garnir notre garde-manger.

Bon d'accord, ce sont les parents qui décident. Mais moi, je me serais bien vue avec un siècle de bonbons devant moi, puisque c'est nous qui l'avions trouvé.

J'allais donc m'allonger dans les hautes herbes pour être aux premières loges, et ne rien rater du spectacle dans lequel le tracteur, monstre d'acier bruyant faisant trembler le sol, n'était là que comme un taureau sous le joug, pour offrir son imposante puissance.

En effet, il était immobile, sagement perché sur des cales de bois et aligné comme un petit soldat, dans le prolongement de cet autre monstre méconnu qu'était la batteuse.

Par un volant sur le côté du moteur, une large courroie transmettait la vie à la machine.

Tout en haut, sur une plateforme, se tenait Bébert, un homme du village, journalier sédentaire, et ivre dès le matin, chaque jour de l'année.

Plus ou moins titubant, il avait la charge d'attraper les bottes que lui passaient les hommes au sol puis, légèrement penché vers l'avant, il devait en couper la ficelle, pour que l'offrande soit avalée et concassée.

L'exploit ne résidait pas dans ces gestes et sa position dangereuse, mais dans ce qu'il n'est jamais tombé dedans, où il aurait perdu la vie.

Sorte de tour de magie, les épis de blé entraient d'un côté, et ressortaient sous des aspects différents.

Sur un coté de la batteuse était une trémie avec une petite trappe couperet, et c'est là qu'arrivait le grain, mis ensuite dans des sacs de jute. Le reste, moins noble, était recraché ailleurs.

Par son orifice arrière, pour la paille servant à la litière des animaux.

Pour le son, accumulé en un énorme tas, par un long tuyau.

Puis lui aussi serait mis dans des sacs, plus tard, s'il en restait, car il servirait à faire une bouillie mélangée à quelques vieilles pommes de terre pour les cochons.

J'étais à chaque fois étonnée de voir Bébert juché là-haut car, chaque année, j'entendais : « Un jour il va tomber dedans. »

Pour l'heure, dans cet automne-là, bougonnant, hostile par principe, avec un pantalon et de gros souliers, engoncée dans un pull tricoté par maman, qui, pour le faire, en avait profité pour m'apprendre à tricoter, j'allai à l'école pour la première fois.

Avant la découverte de l'école, cet antre interdit m'amusait, car je m'imaginais que l'on parlerait à mon intelligence. Mais j'ai trouvé débile de tresser des bandes de plastique colorées, outils de dépistage des enfants précoces d'après-guerre peut-être ?

Vite ennuyée, je jouais alors aux oreilles qui traînent. Dans cette classe unique, je suivais le cours des grands, certains bêtes comme leurs pieds d'animaux, sans intelligence.

Ceux-là mêmes qui, un jour, me surnommèrent babychounette, comme s'ils maîtrisaient l'anglais qui, d'ailleurs, n'avait pas cours dans notre village. Le seul américain que l'on y ai vu était un aviateur dont l'avion s'était écrasé ici, et encore, il était canadien.

Celui dont je n'arrivais pas à m'imaginer qu'il soit venu mourir ici pour ma liberté.

Ce surnom que l'on me donnait, et surtout la manière dont il m'était adressé, était empreint de mépris, de moquerie, presque de haine. Il était fait pour me faire sentir que j'étais différente.

Ce surnom pour dire que je ne faisais pas partie de leur monde, du monde dans lequel j'aurais dû ne plus exister, pour plaire à leurs yeux.

Ce moment est resté gravé en moi, car il m'a blessée, mais plus tard, à la réflexion, ne pas faire partie de leur destin d'ignares, brutes épaisses et futurs alcooliques ne m'a pas dérangée plus que ça.

Déjà, je trouvais le bon côté des situations, y compris des négatives.

PAPA

Comme si une guerre du silence était finie, comme si ma punition en exil était terminée, j'avais un père, qui est apparu de plus en plus dans ma vie.

Ça tombait bien, c'était le même que celui de mes frères et sœurs. Et oui, c'était bien celui qui était venu nous chercher à l'orphelinat.

J'appris au fil du temps qu'une maman pleure et qu'un papa c'est rugueux, surtout envers moi ; qu'il a une sorte de devoir, de règle à respecter et à faire respecter.

C'était en décalage avec son caractère plutôt débonnaire.

Je n'ai pas vu de véritable marque de changement, mais j'ai bien senti qu'enlever mes chaussures n'était plus envisageable, encore moins mettre une jupe et des escarpins. D'ailleurs, le savait-il ? Je suis prête à jurer de beaucoup de choses, mais pas de celle-là.

Finalement, sous quelle facette considérer mon père ? Car il a eu ces moments où il m'agressait juste pour me viriliser, me figer dans la peau du garçon que j'étais officiellement et que la vie sociale du village attendait de moi, et exigeait de lui.

Pour sauver la face, sans doute le fallait-il. Pour moi, pour lui le breton exilé en pays hostile, pour le bien de tous.

J'allais avoir le fameux « âge de raison », et il fallait que je rentre dans le rang, pour être plus tard un homme. C'est comme ça qu'il a tenté d'arranger les choses.

Moi, je rêvassais devant la radio en écoutant chanter Tom Pillibi(2). Je rêvais surtout de lui, de ses châteaux, de sa vie facile, et je crois en être tombée amoureuse secrètement.

Cela aurait été merveilleux qu'il m'emmène avec lui, mais les rêves de petite fille ne sont que rêves. Et moi je chantais encore et toujours.

Le chant était tellement en moi que l'on me disait souvent « que j'avais été vaccinée avec une aiguille de phono ».

Placé dans l'ordre du temps entre l'orphelinat et l'école, j'ai le souvenir de maman, sur le vélo de papa, pédalant et chantant à tue-tête « Le petit cordonnier »(3), et moi assise en amazone sur le cadre du vélo

Je me suis laissée chavirer aussi par ce cordonnier, valsant avec lui, et ce délicieux moment a peut-être compté dans mon goût pour le chant.

VACANCES

Cette année-là, l'été arriva chaud et aérien.

Mon frère et moi partîmes en vacances, plus précisément en « colo », à Saint-Brévin-Les-Pins.

C'était la première fois, hormis l'orphelinat, que je partais si loin de mon village, ma première colonie de vacances. Je ne comprenais pas vraiment. D'ailleurs, je n'avais pas besoin de vacances, et puis ça servait à quoi ?

En tout cas, je n'en éprouvais pas le besoin, car nos canailleries dans les jardins me suffisaient largement.

Avec maman, nous avons pris le car un matin, pour aller en ville.

Nous avons ensuite courus les magasins, dont plus particulièrement « La maison verte ».

Ce magasin était à l'image du « Bonheur des dames »(4). On y trouvait tout ou presque.

Habituée à n'avoir qu'une petite porte pour rentrer chez nous, j'étais époustouflée qu'il y en eût plusieurs largement ouvertes sur différentes rues, ainsi qu'un étage où l'on accédait autrement qu'avec une échelle.

Déroutant encore : maman avait une liste tenant toute la page et déjà toute écrite, mais qui n'était pas manuscrite.

Nous allions de rayon en rayon, et j'adorais ça. Avant l'heure, je faisais les magasins. Maman, elle, de temps à autre, me mettait un vêtement devant le torse, le tenant aux épaules.

J'étais un mannequin en taille réelle, mais moi, je le voyais comme jouer à la poupée. J'étais celle de maman ; la petite fille était ravie.

Cochées les unes après les autres, les lignes de la liste passaient à l'oubli, alors que les vêtements s'accumulaient sur le côté du comptoir, où les vendeuses les posaient.

Mais je ne comprenais pas bien pourquoi elle achetait tout en double, dans deux tailles différentes.

Le fait que ce fût pour mon frère et moi ne m'a même pas effleurée, et je n'étais même pas dans l'offuscation de ne pas essayer de petites robes légères comme celles, se montrant à leur maman après les avoir enfilées, de ces petites filles qui détournaient la tête, indignées que je les regarde.

Les vendeuses rangeaient le linge dans des boîtes, sortes de petites valises d'une dizaine de centimètre d'épaisseur, et de la taille d'un grand calendrier.

Maman acheta même deux vraies valises ce jour-là. Je voyageais vraiment en monde inconnu. Je ne savais pas ce que c'était, et à quoi servait tout ça.

Affairée de tout acheter sur la liste, maman était dans un silence mutique.

Puis, chargées de nos cartons, nous allâmes au « Vieux campeur », qui se situait entre deux entrées de cette « Maison verte », mais n'en faisait pas partie.

Que c'est étrangement agencé une ville !

Toujours aussi mystérieusement, nous avons acheté des gourdes en plastique, répliques plus légères et plus en vogue du moment de celles en aluminium.

J'ai presque pris pour une punition d'essayer des chaussures de marche. Rien que l'expression m'était étrange, car toutes les chaussures sont faites pour marcher.

Elles apportaient à mon trouble, et le sentiment d'être punie venait du fait qu'elles étaient encore plus massives, plus rigides et plus lourdes que les brodequins de garçon dont on m'affublait.

Évidemment, je me suis livrée à la tricherie d'avoir mal aux orteils d'office, et, si l'on m'avait fait essayer une pointure quarante-six, j'aurais encore eu mal au talon ou aux doigts de pied.

Bien entendu, les mamans ne sont dupes que lorsqu'elles le veulent bien, et décèlent ce genre de choses. Ainsi, elle a décrété que cette paire-ci était bien.

Elle paya et nous partîmes.

Les jours suivants eurent un autre parfum que celui du linge bouilli.

Maman cousait dans le col de chaque vêtement une petite étiquette portant nos noms brodés avec du fil rouge.

Je me rappelle ce moment complice où maman m'apprit à coudre. Des heures durant, je fus sa petite ouvrière. Je coupais ce long ruban entre chaque nom brodé.

Ce n'était pas énoncé comme tel, mais c'était pourtant le cas dans la réalité du moment, j'étais sa petite ouvrière.

Les valises se garnissaient de vêtements au rythme des cartons qui se vidaient. Maman cochait à nouveau la liste, « le trousseau », car sur la première ligne était écrit: « trousseau à fournir pour chaque enfant ».

Donc oui, trousseau, celui qu'elle allait vérifier maintes et maintes fois, s'astreignant à en respecter chaque mot.

Quelques semaines après, maman ayant préparé des tartines - maintenant nous dirions sandwichs -, notre grand-père arriva avec sa nouvelle marotte, sa 2cv break.

À l'arrière, il embarqua tout : les valises, les sacs à dos avec les tartines dedans, auxquels pendaient les gourdes.

Mon frère et moi étions nous aussi entassés à l'arrière du véhicule, comme lorsque, partant très tôt, nous allions à la pêche à Beaugency.

Ballottée dans tous les sens, les quelques quarante kilomètres me parurent bien longs, d'autant plus que le soir était arrivé, et qu'à la nuit tombée nous étions encore dehors.

J'avais dépassé des limites : déjà celle de comprendre ce qui était un peu mon lot quotidien, mais surtout celle de l'heure tardive, sans compter que j'imaginais le temps de retour.

Dans ma tête se bousculaient des questions du genre : C'est quoi la nuit en vrai, qu'est-ce qu'il s'y passe ?

Nous arrivâmes enfin, et c'était dans une ville. Sur une grande place étaient rangés plusieurs cars. Notre grand-père virevoltait d'adulte en adulte, ceux ayant une feuille à la main.

Puis, au conciliabule maintes fois répété, l'un d'eux acquiesça, et notre grand-père nous dit de poser les valises.

Ouf ! Et à peine déposées, je vis un homme les lancer prestement en haut du car, où un autre les rattrapa comme les bottes de blé de la batterie, comme les couvreurs s'envoient des tuiles.

Autour, c'était une effervescence de ruche, car des dizaines d'enfants étaient là avec leurs parents, à faire la même chose que nous. Puis ces enfants montaient dans un car.

Ce n'était pas tout à fait notre tour, car celui qui allait être notre moniteur nous faisait patienter à l'écart, après avoir consulté sa liste.

Après quelques temps, un homme avec une barbe qui suivait l'angle de sa mâchoire et fumant la pipe, se voulant l'archétype du baroudeur intellectuel, arriva ; cet homme n'étant autre que le directeur.

Après une courte conversation avec notre grand-père, pendant laquelle, entre deux hochements de tête, il eut un regard photographique dans notre direction, ils vinrent vers nous.

Les choses semblant être claires, nous montèrent nous aussi dans le car.

Revanche sur l'habitude pour nous qui voyagions toujours debout et entassés dans celui qui nous amenait à la préfecture, c'est fièrement que nous nous sommes assis sur les sièges à l'arrière, vu que cela ne nous était jamais arrivé.

J'étais amusée de ça, et, l'esprit à la découverte, mon frère, bien que participatif, était en mode vigilance, attentif à toute chose, comme toujours sentinelle de nos vies.

La nuit était profonde, et il n'y avait plus d'enfants dehors. Pareillement à maman pointant mille fois chaque ligne du trousseau, le « mono » pointait la sienne, comptant et recomptant les enfants.

Finalement, le car démarra, je perçus le brouhaha de la foule, les gestes de la main de grand-père, celui des autres parents, des larmes et des embrassades lancées par des mamans.

L'émotion était intense.

Après un long moment, le mono lança à la cantonade : « Si vous avez faim, c'est le moment de manger.»

Moi, toujours aussi lunaire, je n'ai rien compris, et puis je n'avais pas faim.

Au petit matin, je m'éveillai de ce long trajet, mais d'une courte nuit, aux mots du mono : « Nous sommes arrivés. » Et ceux sortis de leur engourdissement nocturne jetèrent un regard par la vitre.

Côté paysage, pas grand-chose d'innovant. Les plages et la mer plate, comparées à la plaine de Beauce de blés ventés, ont des similitudes.

C'est du côté de la vie qu'il se passait des choses différentes : le dimanche matin, la cantinière, pleine de générosité et d'amour, nous servait à volonté du chocolat chaud avec des croissants, et ces instants me disaient que j'étais vivante.

Autant que jupe et escarpins, ils sont en moi, car ils étaient quiétude, amour et douceur de vivre.

Je continuais donc ma vie de lunaire, dans un pacte tacite d'ignorance dont j'étais à la fois seule signataire et bénéficiaire.

Les gens et la vie ne me voyaient pas, alors je vivais ma vie autour de moi, seule, et je m'en fichais.

Étrangement, cela m'a servi, et je n'ai jamais été agressée par qui que ce soit, bien que...

J'ai un vague souvenir de siestes, que d'ailleurs je n'aimais pas, car obligatoires.

Du chahut, les choses qui dégénèrent en bagarre, mon frère y ayant une part active.

Je le voyais se battre « pour de vrai », comme une chienne pour ses petits, et j'ai le souvenir d'au moins un adulte dans cette bagarre, sans me rappeler qui cela était vraiment.

L'ayant toujours suivi en tout, faisant mien chaque moment de sa vie, j'ai voulu m'y lancer, sans savoir ni comprendre. Mais avec force et détermination, il m'en a écartée.

Était-ce de ce moment dont il m'a parlé, lorsqu'il m'a confessé dans les évocations parallèles de nos enfances et de nos vies un : « Tu ne le sais pas vraiment, mais je me suis battu pour toi » ?

Mots dans lesquels j'ai compris, malgré qu'ils soient feutrés, que c'était pour préserver l'ignorance que j'avais des faits qu'il a protégé mon innocence.

Était-ce d'un prédateur sexuel ? Dans cette même colo, mon sort était-il celui de Jonathan, qui y viendrait des années plus tard.

Mon frère, je t'en chéris encore, toi qui as toujours été ce phare derrière lequel je me cachais au milieu de la mer déchaînée.

Tu m'avouas aussi ce jour-là que ton enfance avait le goût d'abandon, alors que, pour la mienne, pour les mêmes événements, j'y trouvais de la liberté.

C'était il y a si peu de temps, et je comprends maintenant que tu aies pris pour toi toute l'âpreté de la vie, et que tu m'aies laissé voir des jours joyeux et pétillants, autant que possible, comme pour me distraire de mon destin dé-normalisé.

DIX ANS

Dix ans, déjà ; que le temps passe vite, même lorsque l'on est ailleurs, en exil. L'âge de raison aurait dû là, mais je n'étais pas près de l'avoir. D'ailleurs, je ne savais toujours pas ce que c'était.

Dix ans, je le date comme ça, car c'était l'entrée au collège, et le chef-lieu du canton était une aventure, vite transformée en mésaventure.

Professeur principal : celui de mathématiques, vieille école, blouse grise, arc-bouté sur ses certitudes et ses sentiments en racines carrées ; du genre à gratter là où ça fait mal, histoire de voir, histoire de dominer.

Bien évidemment, les railleries m'ont suivie jusque dans cette cour de récréation, importées sans doute par un de ces élèves autorisés aux études secondaires par le nom de sa famille.

Bien évidemment, je me contentais de faire le hérisson, les piquants en moins, ce qui était loin d'être efficace.

Parfois, les destins se côtoient et se croisent. C'est ce qui s'est passé ce jour-là ; l'élève venue à mon secours était une sorte d'alter ego.

Je la revoie encore, blonde, quasi rousse, cheveux courts, peut-être envieuse de mes brodequins. Je la revois venir faire le coup de poing pour disperser cette bande d'abrutis qui me harcelaient au fond de la cour.

Mouvement de foule, course poursuite, fuite, attrapage de col, vengeance, cela nous amena sous le préau et, toujours aussi décidée, elle me tira vers les toilettes des filles, là où les garçons ne viendraient pas.

N'ayant pas d'équation pour ça, « blouse grise » n'apprécia pas que je m'y trouve.

Mes yeux de maintenant savent que, sous l'apparence de cette fille à l'aspect et aux manières de garçon manqué, c'était un véritable garçon, comme moi j'ai toujours été, malgré les apparences, une véritable fille.

Dans la plus profonde grandeur d'âme, il a tout pris sur lui, les aboiements du professeur, le directeur, la punition, le renvoi, tout sans broncher.

Et cela ne l'a pas empêché, pendant que j'attendais l'autocar du retour, de traîner sa maman jusqu'à moi, et de lui demander de m'emmener avec eux.

Le monde des adultes n'est pas aussi simple que ça, mais ce jour-là, j'aurais pu changer de maman, connaître le goût de la tendresse, et qui sait l'amour aussi… Qui le saura jamais ?

Mais on ne demande pas à une maman d'arracher son enfant à une autre maman.

Comme décidément je n'étais pas « comme les autres », j'ai quitté ce collège pour retomber dans les griffes conjointes de l'école et de la religion, dans ce collège où la cathédrale projetait son ombre dans la cour pavée, avec son arbre miteux au centre.

C'était encore une petite cour où j'étais souvent jetée à l'abandon, mais en y étant punie cette fois. Car décidément mon caractère ne plaisait pas.

Là, il n'y avait pas de pâtes sucrées, juste de la non-vie, comme si l'on attendait que je meure pour jeter un regard sur moi, me pousser du bout du pied, voir si j'étais encore vivante, ou que j'admette enfin d'être ce qui avait été décidé.

Encore et toujours, le temps passait, vide, sans objectif et sans goût.

Si ! Je me rappelle avoir vu un médecin scolaire psy-quelque chose. Il était de ces personnes qui ne cherchent pas à vous comprendre, mais dressent des plans sur la comète, depuis ses certitudes propres, pour pouvoir vous intégrer dans sa normalité, pour vous « redresser ».

De ce médecin, j'ai aussi le souvenir qu'il scrutait ce qu'il y avait dans ma culotte, comme un hibou à la tête désynchronisée et aux yeux tournant dans tous les sens.

J'ai senti son regard plein d'interrogations, de doutes mêlés à ceux de l'infirmière présente.

Le plus intrigant dans ce moment étrange réside dans le fait qu'un médecin « de la tête » regarde mon sexe.

Ah ! Si j'avais compris cette fois-là ce qui se passait, ce que cela impliquait, que ma vie se jouait là...

Pour l'instant, je portais des souliers et pas de jupe, mais que pouvais-je faire de plus dans l'intégration, à part m'autodétruire le cerveau, m'enfoncer dans la folie, et ne plus jamais en ressortir ?

Comme j'étais interdite de séjour, y compris en moi, je ne sais pas ce qui s'est tramé ce jour-là. Je ne sais pas ce qui s'est dit, et n'en ai pas eu la moindre explication.

Je sais juste que ma mère m'a ramenée manu militari chez nous, et que je ne suis plus jamais retournée dans cette école.

La vérité était-elle si dure à entendre qu'il avait fallu la fuir et me la cacher.

Aujourd'hui, j'en conçois presque du regret, car sans doute suis-je passée à côté de moi, et les interrogations médicales n'étaient peut-être pas aussi hostiles que dans le jugement parental, probablement seulement des révélations impossibles à entendre.

C'est à cette époque que mon père est devenu de plus en plus virulent, plus seulement avec moi, mais aussi avec les autres.

L'alcoolisme dans lequel il s'enfonçait n'étant pas suffisant, je lui servais d'exutoire, à moins que ce ne fût le contraire, et que j'en fusse la cause de par ma persistance à être moi sans aucune concession, sans volonté d'être ce qu'on attendait de moi, comme pour le céleri, sans laisser croire que j'aimerais ça.

Sans doute aux yeux des autres étais-je une évidence impossible à corriger, bien qu'il l'aurait fallu.

Lui aussi a chaviré. Je ne l'ai pas compris à l'époque, mais il a basculé, poussé par son insupportable, qu'il n'arrivait plus à maîtriser.

Son insupportable passé fait de sa maman décédée à ses cinq ans et de sa Bretagne natale qu'il avait quittée. Sa tristesse en était profonde, mêlée à ce que celle qu'il s'imaginait pouvoir l'aider était elle aussi absente.

Ce furent ces deux enfants perdus dans la vie, essayant de s'apaiser, qui ont donné le sentiment d'abandon à mon frère.

Ce fut l'époque où je commençai à comprendre que mes parents étaient deux gosses qui se serraient l'un contre l'autre pour se tenir chaud, pour affronter la rudesse de la vie, comme des oisillons dans le nid. Ils ont pourtant essayé d'être de bons parents, car j'ai le souvenir de chocolats chauds, certains dimanches matin, papa allant même au devant du boulanger itinérant pour acheter une brioche.

Après être allée avec ma mère m'inscrire dans un cours privé, tout au bout de tractations dans un long après-midi de discussion, l'année scolaire suivante commença sous l'égide du sérieux. J'allais apprendre un métier, loin des ignares de mon village.

Comme toujours, je ne savais pas à quelle sauce j'allais être mangée, mais ce fut dans une sorte de regain de vie que je commençai ces cours privés de secrétariat.

Étrangement, j'arrivais dans ce monde inconnu mais je ne m'y sentais pas mal à l'aise, regardant le présent et le futur droit dans les yeux. C'est à peine si j'ai remarqué qu'il n'y avait que des filles autour de moi.

Je me percevais fille, et me sentais à l'aise au milieu des autres élèves qui parlaient autour de moi sans trop de retenue, alors que j'étais officiellement garçon, le seul d'ailleurs.

En ce début des années soixante, ce cours était strictement féminin, et les hommes n'étaient ni dactylos ni secrétaires, au mieux électriciens ou mécaniciens.

Vivre ces moments a été comme trouver un abri sous l'orage.

Dorénavant dans la quiétude, le pénible de mon passé n'avait plus d'importance. Je pouvais déguster aujourd'hui sans douter.

Les comportements des professeures n'étaient pas différenciés des autres élèves. Pour le moins, elles ne me le laissaient pas voir.

J'étais astreinte aux mêmes performances des soixante mots à la minute, et à l'apprentissage des signes cabalistiques de la sténographie, qui allaient avoir raison de mon intérêt pour eux. Car habituée à vivre autour de moi, je ne voyais pas l'intérêt de cette écriture incongrue.

Finalement, de défiances en défiances, je suis entrée dans l'adolescence et la vie active, pour contrebalancer ma sortie de l'école.

J'étais déjà en recherche d'autre chose, de moi, et je ne le savais pas.

J'en avais assez de l'ambiance générale, des mascarades, des autistes à ma cause, et très vite j'ai commencé ma vie, sans savoir que je quittais un des rares endroits non hostile.

J'en avais assez aussi de ce père qui me harcelait quotidiennement comme s'il s'était juré de faire de ma vie un enfer, tant que je n'aurais pas abdiqué du droit d'être moi.

Cela durerait-il tant que je n'aurais pas crié publiquement que j'étais une hérétique, que je n'aurais pas montré de la masculinité, que je n'aurais pas en public baissé ma culotte pour exhiber un pénis, objet de fierté dominatrice ?

Cela durerait-il tant que je n'aurais pas fait de ma vie celle d'alcoolique et brute épaisse des autres autour de moi, et en faire mon futur espéré ?

Je vous en prie, brûlez-moi comme sorcière, cela abrégera mes souffrances de ne pas se comprendre, de ne rien comprendre à la vie que vous me proposez, que vous envisagez pour moi.

Je ne comprenais pas plus les interactions des gens entre eux, et surtout celles avec le sexe opposé, et ce handicap me poursuit encore.

Depuis, j'ai mis des mots sur des souvenirs d'enfance où une copine de jeu aurait bien échangé ses premiers émois avec les miens, prête à m'offrir sa virginité.

Sauf que si j'ai bien compris que le moment était différent et important, je n'ai pas saisi en quoi, et je n'ai pas su ce qui se mettait en place.

Un autre compagnon de jeu s'improvisa docteur pour ausculter sa patiente, tous deux enfermés dans une armoire devant laquelle nous montions la garde pour prévenir de l'arrivée d'un adulte.

Des années après mes débuts de sexualité manqués et mes talents de médecin d'un jour, des petits boulots harassants me procuraient la joie d'exister, ainsi qu'un quelque chose qui ressemblait à de l'autonomie.

Puis j'ai affiné mes prétentions par du moins fatiguant, du plus intellectuel, etc.

Graal de beaucoup de provinciaux, je suis entrée à la poste, fonctionnaire indéboulonnable et patentée.

Certains m'injurient encore d'avoir démissionné, mais l'ennui que cet emploi me procurait était trop pesant, presque pire que ma vie.

C'est ainsi que dans ces quelques mots s'évaporent plusieurs années de mon passé.

VINGT ANS

La précédente décennie a fait qu'à l'usure, par dépit, de guerre lasse, de manque de clarté sur ma vie et malgré les indices, j'ai fini par jouer le rôle que l'on me destinait.

Je n'ai pas abdiqué de moi, juste mis de côté. Je me suis oubliée dans la construction du quotidien, et j'ai presque aimé, par élégance, le fait de porter pantalons et mocassins.

Je n'ai renoncé en rien, mais la pression sociale a fait que j'étais moins combative, que j'acceptais de me déguiser de masculin, sans toutefois admettre que je le sois.

Cela ne ressemblait pas pourtant à de la stabilité, et je ne construisais pas vraiment ma vie.

Plus tard, j'allais comprendre que je n'avais pas de racines, et qu'il en fallait pour pousser.

Donc pas grand-chose à signaler, juste quelques beuveries avec des collègues de travail, amusantes sur le moment, mais sans plus, à courir Paris dans tous les sens, maîtres du monde et de la nuit.

Quand mon peu de travail de fonctionnaire et les virées nocturnes me laissaient du temps, je regardais les autres, je me regardais vivre, et tentais de calquer ce qu'ils faisaient de leur vie sur la mienne.

J'ai même participé à ces raids à la Attila, consistant à rabattre des filles comme du gibier et à les amener dans un lit. Comme pour tout le reste, je n'ai pas trop compris ce qu'il s'y jouait.

Je trouvais assez impudique le comportement des garçons et docile celui des filles, sans me douter que c'était pour leur plus grand plaisir mutuel. Pour moi, c'était étrange d'en être ravis.

Que ce soit dans une improbable journée, dans une très lointaine banlieue près de Meaux, où chacun et chacune s'échangeait des preuves d'accords sexuels de toutes sortes, et dans lesquelles je ne pas trouvais ma place et n'y comprenais rien.

Que ce soit encore du côté du château de Vincennes, où la horde d'Attila en rencontra une autre, dans l'équipe féminine de volley-ball d'un pays des Balkans.

Elles aussi en mal de conquêtes, elles se passaient aisément du vocabulaire que nous ne pouvions partager, pour en venir aux mains.

Et moi ?

Si je peux le raconter, c'est que j'y étais.

Oui, j'étais dans cette chambre surpeuplée et grouillante d'activités sexuelles, auxquelles je n'ai pas plus participé qu'à la précédente.

Je me disais que… c'était se lancer dans une aventure inconnue aux méandres insoupçonnés. Toutes ces choses m'ont laissée figée sur place, autant que de ne pas savoir quel rôle jouer.

Je m'imaginais plus dans le tête-à-tête, et ainsi pouvoir plus facilement m'exposer à une personne inconnue, avoir avec elle des pratiques qui étaient encore abstraites pour moi, et tout ça avec un corps inconnu, sous le carcan de mes vêtements, sans doute pour me voiler la face.

Ce n'est pas faute d'avoir rencontré des Évelyne avides de sexe, des Maria-Rita avides de briser le moule de petites bourgeoises italiennes, loin de leurs Pouilles natales.

Ce n'est pas faute d'avoir tenté ; ce n'est pas par manque de volonté que je les ai déçues, juste par l'intimidation procurée par ces moments impossibles à faire résonner en moi et à projeter dans le réel.

Les expériences de mes débuts m'ont faite démissionnaire de la relation sexuelle.

J'ai à cette époque adoré le provocateur Polnareff, prédisant le paradis pour tous ; femme du monde ou putain, le paradis semblait incontournable.

Je savais que le paradis avec les sœurs de l'orphelinat n'était pas pour moi, si encore elles y sont allées ?

Cela m'amusait d'y être conviée quand même, moi qui ne savais sous quel qualificatif j'y serais admise.

L'intérim, les petits boulots, m'amenèrent à travailler dans une clinique.

Se nouèrent des amitiés avec ceux de mon âge, dont l'une me dit : « Je te ramène chez toi ». Et une fois arrivées : « Prends tes affaires, je t'amène chez moi. »

Un peu estomaquée dans ce moment, car c'était à l'homme que l'on parlait, j'ai suivi cette promesse de vie partagée et prête à l'emploi.

Enfin une personne qui passait outre ma timidité, qui semblait me connaître. Quel enchantement ! Elle me prenait comme j'étais, sans sourciller.

Peut-être était-ce ça qui me manquait pour être un homme ?

COUPLE

Donc me voilà à vivre en couple, et c'est pour moi une découverte.

À vrai dire, je n'avais pas d'idées préconçues, mais peut-être eut-il été mieux d'en avoir une.

Je me suis juste laissée porter par le vent, par cette personne me laissant entrevoir un futur dans lequel c'était rassurant de sentir qu'il y avait un demain, puis d'autres jours après, et d'autres encore.

Évidemment, moi j'y mettais toutes mes attentes, et j'étais prête à tous les sacrifices, pour peu qu'ils ne m'apparaissent pas ainsi.

Autour de moi la vie avait un semblant d'air de fête.

Je découvrais le tête-à-tête, moi qui n'avais jamais vécu autrement que seule au fond de moi-même, au milieu de la foule.

Dans la réalité du quotidien, je m'étais habituée à être autre chose que ce que j'étais, même si je n'avais jamais ouvert la porte de la chambre d'un coup de pied, pour y entrer en mâle conquérant.

Timidement et pathétiquement gauche, je pris une place dans cette réalité différente, dans ce qu'on m'y laissait prendre, la place que l'on m'avait dévolue.

Sincèrement, j'étais si loin de la réalité que mon premier rapport sexuel ne fut évidemment qu'une mascarade, même pas un « semblant de... », car je n'en avais aucune vraie représentation, pas plus que d'attentes structurées d'ailleurs, ayant raté le premier cours de pratique dans l'armoire.

J'utilisai à ce moment-là le sexe que j'avais, un point c'est tout, en essayant de voir les effets que ça faisait, voire de le comprendre au travers de ça.

Puis le quotidien de monsieur et madame Tout-le-monde est venu prendre possession des lieux, anesthésiant et rassurant.

Je m'y laissais sombrer, bien que sa façon de résonner dans mon cœur ne soit pas très loin de Radio Luxembourg et du linge bouilli.

Et puis il faut ajouter que, dans la dot, mon rôle changea et, tout à coup, je devins parent d'un petit garçon, des cinq ans qu'il avait déjà.

Je devins la personne qui devais donner de l'amour, qui devais serrer dans ses bras, sécher les larmes, faire fuir les mauvais rêves, avoir le sourire les jours d'angoisse, jouer aux jeux d'enfants qu'elle n'avait pas eus, et bien entendu montrer l'exemple en ayant toujours les mots et l'amour pour le faire, sans en avoir jamais vu un début de concrétisation.

À bien y regarder, ce n'était pas, et de loin, le plus compliqué de ce que j'appellerais ma tâche parentale, mon esprit féminin m'aidant à materner, et j'avais même de la satisfaction à le faire.

C'était ce qu'elle avait prédestiné pour l'organisation de tout ce petit monde, et j'ai mordu dedans comme dans les fraises volées dans les jardins.

Puis, de jour en jour, les rêves brillèrent moins fort, les baisers devinrent moins tendres, et le quotidien devint plus lourd sur les épaules.

Les silences emplis de magie peu à peu furent encombrés de mots, de secrets inavoués, et allaient construire demain de leurs amertumes.

Cela commença avec de la poudre aux yeux que moi, naïve, je gobai et, comme toujours, cela alimenta la désillusion.

Ah ! Que n'ai-je entendu qu'elle faisait le brushing de Mike Brant avant ses plateaux télé, qu'elle avait les matrices de ses disques chez elle, qu'elle était la nounou de la fille de son imprésario, que, que…

Bien que toute cette litanie de choses soit vraie, j'étais dans une toute autre réflexion, dans le terre à terre « Comment ça fonctionne un couple ? Comment ça fonctionne le sexe ? Comment ça fonctionne la vie ? » Pour tenter de comprendre, je fonctionnais à la manière de m'y projeter.

Et le père de notre fils, soi-disant décédé, qu'il a retrouvé trente ans plus tard... Et la photo de mariage, où elle se serait mariée sans être mariée, tout en étant mariée mais pas vraiment, mais un peu quand même… Il fallait une gourde comme moi pour ne pas avoir le début d'une interrogation.

Dans ces moments-là, j'en étais juste à vouloir construire, à vouloir donner un sens à la vie ; à ma vie.

Le temps de l'enfant meurtrie étant révolu, il était temps de passer à autre chose, les choses des autres de mon âge.

Mis à part que les décisions de sa mère à elle s'imposaient jusque dans notre vie.

Ainsi, je me suis vite retrouvée coupée des miens, mais je continuais à être persuadée que j'apprenais la vie.

Étant dans l'étalonnage de mon existence, pour être dans une certitude, j'envisageais qu'elle n'ait été que délirante, que je m'étais inventé tout ça juste pour ne pas m'ennuyer. Bien entendu, la stabilité que je n'avais pas ne s'en trouva pas renforcée.

Imperceptiblement, comme le soir tombe sans qu'on puisse dire quand cela a commencé, des moments où elle était absente sans explication sont apparus.

Dans ma course effrénée au faux bonheur, je ne voyais rien, y compris cette fois où, de retour du travail, je trouvai le SAMU chez moi, et elle inanimée au sol.

La question directe du médecin, « Est-ce qu'elle se drogue ? », ne m'a pas fait sourciller non plus. Je l'ai trouvé délirant, en me disant qu'il ferait mieux de l'ausculter plutôt que de me poser des questions idiotes.

Étrangement, cet incident a marqué un passage dans sa vie, celui d'être décomplexée, et d'en faire encore plus, sans en faire complètement mystère, comme quelqu'un se sentant démasqué.

De la panne de voiture à l'ancienne copine rencontrée fortuitement, les occasions d'être absente se sont multipliées.

Et moi ? Bonne petite mère au foyer, je l'attendais, heureuse qu'elle me revienne, rassurée de ne pas être abandonnée.

Mes talents maternels furent vite comblés, quand j'eus droit à l'annonce : « Je suis enceinte. »

Quoi… ? Comment… ?

Je n'ai pas demandé de qui, car, officiellement, nous étions en couple. Il s'en est fallu de peu, tant je trouvais ça improbable que moi j'ai pu engendrer, et j'aurais presque aussi demandé comment.

Comme d'habitude, je débarquais d'une autre planète, étonnée que cela soit. Pas encore bien en phase avec cette annonce, je devais déjà prendre position : on le garde ou pas ? Et, très franchement, quoi répondre lorsqu'on ne maîtrise ni l'alpha ni l'oméga.

Avec générosité et respect, je lui laissai le choix. Son attitude ensuite me montra que nous étions dans des manières de voir différentes. Je devais avoir un avis, et assumer le choix.

Je sais que depuis ce jour-là, elle m'en a voulu de ne pas avoir dit non, car elle voulait l'entendre.

Le fait que ce soit une fille, sans que je ne le soupçonne, a comblé mes attentes.

Elle était tout à la fois : l'enfance que je n'avais pas eue, ma poupée, mon avenir dans lequel j'osais me projeter, la prunelle de mes yeux, la princesse de ma vie, et tant de choses encore.

Pour la première fois, j'existais pour quelqu'un, et voulais vivre pour elle.

Évidemment, elle ne me le disait pas encore, mais ses sourires de bébé étaient éloquents, ses yeux m'aimaient, et j'en étais heureuse.

Est-ce à ce moment-là que, s'enfonçant dans l'addiction, sa mère commença à avoir de la jalousie envers sa propre fille ?

Ce qui pourrait passer pour une bouderie d'un soir n'était que le début d'une longue, inéluctable et infernale descente aux enfers.

Beaucoup de choses se faisaient dans mon dos, orchestrées par le duo compagne et belle-mère.

J'étais un peu dans la peau de l'éternelle invitée, bien qu'évidemment je sois regardée au masculin, et traitée comme tel.

DÉCHÉANCE

Les bouteilles de whisky pleines succédaient aux bouteilles vides, de plus en plus fréquemment, avec de plus en plus de dégâts de toutes sortes.

Les personnes s'adonnant à la boisson sont rarement seules, et c'était le cas.

De plus en plus, son amie d'enfance entra dans notre vie.

Elles avaient fréquenté les mêmes bancs d'école, dans cette proche banlieue parisienne des années soixante.

Voisines de l'escalier d'à côté, aux mêmes couettes que Sheila, elles étaient de véritables prédatrices du sexe et de la dépravation.

Mon ressenti était ainsi, au travers de l'extrême duplicité qui les animait.

Les hommes n'avaient de valeur à leurs yeux qu'à l'aune de ce qu'ils pouvaient apporter, avides qu'elles étaient de gloire, de sexe, d'alcool et de drogue.

Les yéyées de banlieue des années soixante étaient devenues des adultes dépravées et incapables de s'assumer.

C'est dans ce guêpier que j'avais mis les pieds, sans le savoir et sans vraiment le réaliser, happée par une promesse de vie, comme les papillons de nuit par la lumière.

Ce n'est que le temps ajouté au temps, les frasques ajoutées aux frasques qui allaient commencer à m'alerter, au bout de quelques années.

Pour l'heure, ma naïveté en prenait un coup car, embauchée dans cette clinique, j'en fus licenciée, congédiée est d'ailleurs plus juste.

Inexorablement, la liberté surveillée à laquelle elle m'astreignait bascula dans la dictature.

En enfilant des manches de lustrine de comptable et en faisant deux colonnes, l'une droits et l'autre devoirs, la première se vidait de sa substance au profit de l'autre.

Tout le monde sait ce qu'il advient lorsqu'une personne a les pleins pouvoirs. Elle est commandée par ses instincts, y compris les plus bas, sans vergogne, loin de tout remord.

Ministre des finances de la famille, elle adopta vite une manière de faire personnelle très centrée sur ses propres besoins.

Les effets ne me furent pas visibles immédiatement, car son terrain de jeu était hors de ma vue.

C'est ainsi que, du jour au lendemain, il y eut une extrême urgence à déménager.

Personnellement, je le trouvais bien, l'endroit où nous vivions.

Je ne comprenais pas pourquoi partir d'un F4 près de la gare pour un pavillon de banlieue loin de tout, fait d'une cuisine et d'une seule pièce.

Le jardin où les enfants pourraient jouer ne me semblait pas suffisant pour valider ce marché de dupes.

C'était mon avis que tout le monde aurait partagé, sauf... sauf que nous étions expulsés, sans que je ne le sache.

Chose qu'il était impossible de justifier, car nous étions censés avoir des revenus largement suffisants. Donc nous aurions dû vivre aisément et les loyers étaient en principe payés.

Ce fut je crois le début de la visibilité de sa descente aux enfers, dans laquelle elle nous a tous entraînés. Disons plutôt que c'est là que j'ai commencé à la voir.

Depuis longtemps déjà, et de plus en plus ouvertement, l'alcool prenait place entre nous, entre elle et les enfants.

J'essayais de compenser, de laisser une chance, mais c'était peine perdue, comme enfoncer sa main dans la gueule d'un crocodile pour qu'il ne morde pas.

Avec un simple grillage pour toute séparation, et les maisons étant décalées, les voisins, couple de petits vieux sympathiques, étaient aux premières loges du désastre annoncé.

Maintenant, si je devais avoir de la rancœur, je dirais juste qu'ils savaient mais se taisaient. Bien que j'aie souvent récupéré ma fille chez eux, je dirais qu'ils agissaient seulement quand elle était seule avec sa mère, et les réels cours gracieux de piano et de solfège n'étaient qu'un prétexte à la faire fuir de cette emprise.

Ce jour-là, comme souvent, ma fille était chez eux, et un début de narration m'a été donné, trop restreint pour comprendre ce qui se tramait dans le fond.

Au moins, ce moment faisait une heureuse, la reine grand-mère régente de tout, chez qui je ne sentais pas de souffrance. Je m'étais dit à ce moment, naïve que j'étais, qu'il s'agissait d'une attitude pour ne pas s'exposer à la douleur. Mais en fait, elle n'était que la mère ayant sa fille en réplique.

C'est aussi l'époque où l'Éducation Nationale découvrait l'informatique. Par ricochet, je plongeai dans ce monde nouveau, mon fils étant dans une de ces classes qui en étaient équipées.

Une sorte de fulgurance est venue me dire : il faut lui apprendre ça. Et cela allait conditionner une grande partie de ma vie professionnelle à venir, car pour lui apprendre, il a d'abord fallu que j'apprenne moi-même.

C'est comme ça que l'informatique m'a aspirée dans sa spirale et, trente-cinq ans plus tard, je sais pourquoi : en informatique il n'y a pas de doute, de peut-être, c'est oui ou non, c'est un ou zéro.

Pendant ce temps-là, l'ambiance était mauvaise dans le couple, mais il demeurait un refuge, car ce n'était pas un nébuleux nulle part.

La tyrannie, la mauvaise foi et les reproches non fondés se disputaient le devant de la scène.

Bien évidemment, ce n'étaient ni l'alcool ni la drogue qui étaient source de problèmes à ses yeux, et en ça, j'ai parfois cru voir mon père.

Son esprit malade l'enfermait. Dans ce mot, il y a enfer, et c'était bien là qu'elle descendait, tentant d'y entraîner tout autour d'elle.

Même le mariage de mon petit frère fut l'objet de sa férocité.

La veille, elle décida qu'elle n'irait pas. Et comme elle ne voulait pas y aller, en conséquence les enfants non plus. Car certainement j'y retrouverais une pouffiasse de mon adolescence.

Elle me voyait à son image : pleine de secrets, de traîtrise et de dépravation ; prête à sortir une bassesse de sa manche.

Cet événement m'a plongée dans de la défiance envers elle.

Je n'avais pas encore de mots à mettre sur mes ressentis, mais je gardais dorénavant les yeux ouverts, et tentais au possible de la voir comme elle était.

Les frasques succédaient aux frasques, et mes doutes envers elle aux doutes.

Tout comme pour ces loyers impayés qui n'étaient plus dus, comme par enchantement, à notre lubrique propriétaire.

Un jour, j'ai voulu partir, et pour moi il était impensable que je laisse les enfants à la merci de sa vie dissolue. Décidée, je les pris donc par la main ; mais le temps de traverser le jardin et d'arriver à la grille, pendant ce court moment, mon cerveau a entrevu les possibilités dont l'énumération était :

-Où allons-nous vivre ?

-Comment aller travailler ?

-Où les scolariser ?

Une fois sortie de son brouillard, elle ne manquerait pas d'appeler la police, et que se passerait-il pour moi qui, bien qu'officiellement un homme, aux peu de droits dans ces années quatre-vingt, ne sois pas officiellement leur père.

Ces réflexions m'ont ramenée à la raison : j'ai fait demi-tour.

Sur ce trajet, au retour, je me suis promis de tout supporter pour les enfants, les pires infamies, les plus profonds mépris : tout.

Seuls les enfants se sont aperçus de quelque chose, et encore… Car ils ont eu la question : « Pourquoi tu nous as amenés ici ? Qu'est-ce qu'on est venus faire à la porte du jardin ? »

Ne me restait donc plus comme seule ligne de conduite que l'espoir que le fruit qui commençait à pourrir finirait par pourrir entièrement.

Les jours se firent de plus en plus mornes, dans lesquels l'inadmissible se disputait la place avec l'insupportable, et où les écarts addictifs devinrent la banalité.

Souvent, il ne faut rien attendre des autres. Pourtant, cette fois, le bon hasard vint de l'extérieur à notre secours.

L'entreprise pour laquelle je travaillais dorénavant au service informatique, en tête-à-tête avec une rangée d'ordinateurs grands comme des armoires, était trop à l'étroit, et déménagea dans une autre banlieue.

Dans ces situations, il y a des désillusions, mais moi, je faisais partie de ceux que l'on souhaitait garder, et, chance inespérée, un relogement me fut proposé.

Que ça fit du bien de vivre à nouveau dans un véritable appartement, avec une chambre pour chaque enfant. Cela fut une véritable bénédiction ; la fin d'un mouroir.

Puis, sans que j'aie eu connaissance des signes précurseurs, mon père décéda, dans ce début d'année mille-neuf-cent-quatre-vingt-seize.

Ajouté à l'interrogation de « Pourquoi ? » et de « Ce n'est pas juste ! », j'étais dans une fureur intérieure que ma mère ou ma sœur, qui est voisine du village d'à côté, ne m'aient même pas prévenue de sa maladie.

Enfin, il retrouvait sa Bretagne chérie, inhumé avec sa maman, comme dans un dernier câlin maternel.

J'ai perçu beaucoup d'émotion dans le fait que les gens de son village natal lui fassent dire une messe en breton. Toutefois, un peu sacrilège à sa mémoire, puisqu'il n'était pas croyant et ne fréquentait pas « les faux culs ».

Cette messe sonnait comme un message de bienvenue, de bon retour chez soi.

Voilà, c'était fini.

Surtout, jamais plus je ne pourrais avoir la moindre explication à son comportement envers moi, car c'est moi que je voulais chercher dans les mots à lui dire et les questions à lui poser.

Cela finit par me hanter, et je n'avais plus trop le moral, ou disons moins. Et elle resserrait son étreinte sur moi, car je perdais de ma vigilance.

Comme cela deviendrait presque une habitude, nous déménageâmes. La ville nouvelle étant étendue, nous passâmes de Trappes à Guyancourt, plus central et moins malfamé.

Ce fut le moment où elle se laissa aller sans retenue.

Parfois, enfoncée dans sa déchéance, elle saccageait l'appartement comme le feraient des pilleurs, les plantes grasses jonchant le sol, les tiroirs ayant eux aussi subi le même sort.

L'appartement n'était plus alors qu'un amalgame de terreau, de plantes, de papiers et de divers objets.

Ne comprenant toujours pas ce qui se passait dans ma vie, je me lançai dans la construction de ma carrière, ce que les hommes font. Comme je ne l'avais pas encore expérimenté, peut-être cela m'apporterait-il une réponse à mon mal être.

Ses séjours en psychiatrie succédèrent aux séjours en hôpital.

Et, à chaque fois, je m'interrogeais pour savoir si elle descendrait plus bas, si elle avait touché le fond.

Depuis longtemps, elle respectait un cycle de trois jours : un jour d'enfer, un jour de mutisme et un jour de reproches tous azimuts, sans savoir lequel conditionnait les deux autres.

Très vite, relativement au temps déjà passé et aux événements, elle décida que : « Puisque c'est comme ça, on va se séparer... »

Je crois, et suis même certaine, que ce fut la séparation la plus inespérée que j'ai connue.

Mon caractère féminin m'intima l'ordre de ne pas broncher et de laisser faire.

Je ne sais quel ange gardien avait mis les services sociaux sur les traces de ses frasques; toujours est-il que, dans la foulée, nous fûmes convoqués par la juge des enfants, et nous n'en savions pas le but.

La juge nous reçut tous ensemble. Elle avait un discours sans détours. Ses questions qui mettaient sur la sellette ne l'étaient pas non plus.

Puis chacun fut entendu seul, y compris les enfants. Tous, nous étions sur le même pied d'égalité, chaque mot avait de l'intérêt pour elle.

Ce fut d'un cheveu qu'il ne se soit agi de déchéance maternelle et de placement des enfants, ce qui n'a été lié qu'au fait que leur garde me soit imposée, alors qu'ils n'étaient toujours pas les miens officiellement.

Sous quinzaine, je devais m'organiser pour trouver un lieu de vie pour les enfants et moi.

Ce qui fut fait par le prêt de sa maison vide par ma sœur, celle des pâtes au sucre.

SEULS

Des tractations sordides envers les enfants virent très vite le jour, étayées par des « Je suis seule », alors que c'était une décision de justice, et que je n'y avais aucune obligation de garde partagée. Et surtout, ce n'était que du constat, car elle ne se posait pas la question de pourquoi les choses en étaient là.

Le fils se laissa convaincre le premier d'aller habiter avec elle, avec mon accord, ne me sentant pas obligée d'ajouter de l'humiliation à la situation, et ne souhaitant pas couper les enfants de leur mère.

Évidemment, elle déménagea, expulsée ou pas je ne peux le dire, chez une copine qui n'était en fait qu'une autre alcoolique rencontrée dans un séjour en psychiatrie, car tel était le cas pour elle à chaque hospitalisation dorénavant.

Très vite, le fiston ne supporta plus et finit par me demander de revenir pour pouvoir étudier, ce que je n'ai eu aucune envie de refuser, puisqu'il était parti à sa demande.

Les tractations avec les mêmes motifs recommencèrent avec la fille, cette fois en y ajoutant la menace de dénoncer des actes incestueux qui n'existaient pas.

Elle le savait, mais elle était prête à user de cet artifice pour jeter sa haine dans notre vie.

Est-ce cela qui fit partir ma fille, ses copines laissées au loin ou le manque de perspectives de vie dans un petit village de Beauce ? Je n'en ai aucune idée encore maintenant.

Elle avait à peine quatorze ans, cet âge où l'on teste les relations amoureuses, qui y étaient certainement pour quelque chose aussi.

Comme elle retrouvait des copines laissées au loin au moment de notre départ, cela était plutôt positif, dans sa manière de voir les choses.

Tout semblait se passer correctement, car je n'avais pas de plaintes plus ou moins marquées, comme c'était le cas avec le fils.

Les nouvelles et révélations allaient venir d'un bloc. Un jour d'hiver, ma fille me téléphona et ses mots furent : « J'ai deux nouvelles pour toi, une bonne et une mauvaise. »

Comme je me sentais capable de l'affronter, je lui répondis : « La mauvaise ? — C'est qu'il neige », me dit-elle.

J'attendis donc la bonne, qui arriva avec cette affirmation : « La bonne, c'est que maman est morte. »

Je restai pétrifiée et sans mot, et ce n'était pas le ressenti que j'en avais qui me glaçait, mais à quel point de détestation elle était de sa mère.

Tout s'enchaîna vite. Je devais immédiatement l'entourer d'affection, car derrière ce faux soulagement, il devait y avoir beaucoup de tristesse, malgré ses airs bravaches.

Je devais aussi la ramener à la maison, car elle ne pouvait rester seule, ce qu'elle se serait bien vue faire. Et puis, il y avait l'obligation légale. C'est du moins sur cet aspect que j'ai joué.

Je récupérai donc un oiseau mouillé tombé du nid, écorché vif, hermétique aux mots et aux sentiments.

C'était un oiseau avec une mâchoire de chien enragé que j'avais face à moi.

Sur le chemin du retour, je tentai d'ouvrir des conversations, mais en vain, car c'était une ado, car elle avait pris l'habitude de vivre à sa guise, car elle était choquée malgré ce qu'elle voulait montrer, car elle ne voulait pas se l'admettre, car elle ne se voyait pas de perspective de vie, car elle quittait à nouveau ses copines.

Le chemin pour apprivoiser mon oiseau m'a tout de suite paru long et périlleux. Je savais que ce ne serait pas pour demain matin que s'ouvriraient les portes de son cœur, pour se débarrasser de son fardeau.

Je pris un point de vue systématique. Je n'allais pas la harceler de questions, ni lui tendre des traquenards pour connaître sa vérité et ses moments de vie passée.

J'allais utiliser toute ma patience et l'amour de mon cœur pour qu'elle vienne à moi. Je guettais le moindre mouvement de rapprochement, dans lequel autant elle s'ouvrait à moi, autant elle s'ouvrait à la vie, et autant elle se construisait.

Première chose involontaire, nous déménageâmes, car ma sœur devait récupérer sa maison, qu'elle avait vendue.

Les hasards persistèrent donc, en déménagements et moments charnière.

Une amie d'enfance, qui n'était pas celle du placard, m'aida à obtenir un logement, car les termes du jugement demeuraient au-dessus de nos têtes.

Très vite, j'arrivai à avoir une conversation ordinaire, basée sur le quotidien, qui, bien qu'il soit triste et obtus, permettait pourtant d'avoir les repères de vie, se lever, manger… à défaut de merveilleux.

Ses mots se libérèrent petit à petit, et elle me livra des bribes du quotidien de son passé récent.

Le petit ami, dont évidemment elle est raide dingue, d'ailleurs en attendre moins pour son âge serait manquer de discernement, était tout en haut de ses préoccupations.

Je compris qu'il faisait encore partie de son présent, et qu'elle entendait qu'il soit dans son futur.

Tout en laissant entendre que ce serait plutôt non, je laissai faire et s'installer le oui, car il ne fallait pas céder au moindre cillement de paupière, lâcher prise au moindre désir énoncé.

Et puis je ne voulais pas, en suivant ma ligne de conduite, ajouter à son malheur, en lui enlevant le peu de positif de sa vie.

Comme une complicité non seulement se construit, mais s'exprime, arriva le temps des révélations.

Et ces révélations furent terribles.

L'EFFROI

Dans leur petit studio, déjà trop petit, après un séjour en psychiatrie, sa mère ramena une copine de boisson. Je ne m'attardai pas sur le côté inconfort, car je voyais que ce n'était pas l'élément central de la discussion.

La révélation arriva dans des larmes, si longtemps retenues : « … Elle avait ramené une soûlarde comme elle, qui vivait tout le temps chez nous, dans le canapé, et à elles deux elles buvaient un litre de pastis tous les jours » « … Tu comprends pourquoi l'autre est morte de coma éthylique dans le canapé » « … et elle me laisse seule à me débrouiller avec le macchabée, elle était partie chez sa mère, comme si de rien n'était. »

J'ai compris dans ses propos que ses dents de chien enragé étaient bien petites pour ce qu'elle avait vécu.

D'autres révélations du quotidien viendraient par la suite. Elles étaient tellement anodines par rapport à cet événement que je ne les ai pas retenues, qu'elles sont passées inaperçues, comme une respiration entre deux phrases.

Anodines, finalement non, car elle vidait son sac.

Le quotidien reprit ses droits, et nous nous y plongeâmes, pour mieux panser nos plaies respectives.

Comme nous n'étions qu'à vingt kilomètres de chez maman, nous passions la voir de temps à autres.

Dans ma recette pour repeindre la vie en « quelque chose », elle était un ingrédient de plus, car je savais, et pour cause, qu'affectivement elle ne pourrait rien.

Nos visites donnaient une sorte de ronronnement aux dimanches après-midi qui, de ce fait, prenaient un léger goût de vie.

J'étais moi aussi dans un désarroi, celui d'être en échec dans ma vie, celui de n'avoir rien pu faire pour endiguer le désastre, celui de n'avoir pas pu protéger complètement mes enfants, celui de ne m'être toujours pas trouvée. La petite fille de quatre ans n'ayant plus depuis longtemps de jupe à chiper, et que ça suffise à son bonheur.

Comme un chapelet de saucisses, ce désarroi venait nourrir le chien affamé qu'était mon doute. Bien que ne m'ayant jamais vraiment quittée, il revenait au galop avec force.

Je ne pouvais me laisser aller à mes doutes. Mes interrogations pouvaient m'envahir, mais je devais coûte que coûte garder le cap pour ma fille.

Chaque matin, je partais travailler, car c'était la base : avoir un revenu qui permette la stabilité.

Je m'oubliais, parce qu'il y avait du plus immédiatement urgent.

D'autant plus que des bouts de voile levés me montraient que ma fille, dans le sillage de ses copines, avait vécu plus proche des caves de banlieue que des salons de thé.

Comme mon frère avait été mon cerbère, son petit ami l'était, et en ça j'avais de l'estime pour lui. Pour le reste ? Il était comme tous les autres, et ce jugement-là appartenait à ma fille.

Pour moi, il était hors de question de m'immiscer dans l'intime de leur relation.

Le premier amour n'étant pas toujours l'amour de toute une vie, j'ai finalement été obligée de le faire quand même.

Cela est venu d'abord d'une invitation chez ses parents à lui, où il habitait encore, de ce genre d'hypocrites aux sourires amidonnés.

J'ai sorti ma faible panoplie de lieux communs et d'attitudes toutes faites.

Je me suis assise dans un profond fauteuil et, pendant que la mère était repartie dans la cuisine, nous eûmes avec le père une conversation d'hommes.

Que c'était ridicule !

Pour ma fille, je bus du whisky, l'air entendu et hautain.

Ma fille et son chéri échangeaient des regards heureux et complices.

Puis un jour, la nouvelle arriva, brutale, dans un « Il me quitte ».

Je la forçai par mes questions à expliquer, et vite arriva la raison imparable : la mère ne voulait pas de cette relation amoureuse. Hypocrites, j'avais dit ?

Comme elle avait en main les rênes d'être la maman, mais aussi que le fils était dépendant, elle les utilisait à sa guise.

Ce fut un coup terrible, qui venait par-dessus les déchirements passés et à peine dissipés.

Plus encore, je dédiai ma vie à ma fille, car elle en avait besoin, car je n'avais rien de plus urgent à faire.

RENOUVEAUX

Avec beaucoup de patience et de temps, finit par s'en aller la tristesse.

Son cercle amical l'aida à vivre ce moment. Je me doute que, parfois, il était plus qu'amical, mais étant perçue et considérée homme, je ne pouvais pas parler de la vie de sa culotte à ma fille, ce qui aurait été très improductif dans la circonstance.

Exercice compliqué pour qui que soit d'être les deux parents à la fois, avec une adolescente découvrant sa sexualité, surtout pour quelqu'un ne se connaissant pas.

Exercice d'autant plus difficile pour moi d'être un père qui finalement ne l'était pas, et de montrer un semblant de mâle convaincant tout en ayant une sensibilité féminine ; peut-être aurais-je du crier haut et fort : « Je suis une femme et ne veux plus de cette mascarade ! »

Cela aurait certainement fait du bien à mon ego, mais je n'en avais pas conscience.

Pour l'heure, ma fille se reconstruisait en rencontres que je crois faites de moins d'affectif, mais de plus de sexe.

Elle commença à travailler et trouva un petit studio proche à louer.

Puis un jour, elle m'annonça être enceinte.

Finalement oui, cela faisait partie des probables, mais toutefois, en bonne maman poule, je la mis en garde sur son jeune âge, sur la fiabilité du père, et plein de choses comme ça qui pouvaient impacter l'avenir.

Cela ne se fit pas attendre car, le jour de son accouchement, plus de géniteur, aux abonnés absents de la responsabilité de ses actes.

J'ai moi-même téléphoné, et je n'ai eu comme réponse qu'un « Que voulez-vous que ça me fasse ? » Ce qui avait au moins l'avantage d'être clair.

Mon petit oiseau se retrouva encore avec des plumes arrachées.

Encore une fois, je fus là pour l'aider, et supporter même la mauvaise humeur de son dépit, qu'elle retournait contre moi.

Comme je lui avais dédié ma vie, ce n'était pas grave qu'elle soulage ses griffes sur mon dos.

C'est dans ces moments-là que je commençai à écrire sur ce que je vivais, ce que je ressentais, ce que mon ange gardien, dont je ne savais pas qui il était, m'envoyait à méditer.

C'est comme ça que j'ai eu une vision très claire d'un événement maléfique.

Dans cet instant-là, je l'écrivis en ces termes :

« *[…] A ce moment, je n'ai peur de rien, de personne ; si peu même de la mort. La seule interrogation étreignant mon cœur est de savoir qui, hormis les miens, j'y rencontrerais.*

Dans ce ciel d'aujourd'hui, comme pour un dieu mourant, énervé déjà, le vent s'est mis en colère, puis la pluie glaciale tombe droite et drue, comme des poignards translucides.

Je dois y comprendre que mes dieux, mes ancêtres protecteurs, ne peuvent avoir toujours un regard bienveillant.

Je prendrai donc bien garde de ne pas lever les yeux au ciel, pour ne pas t'y voir, ne faisant seulement à mes ancêtres que la supplique de te surveiller du regard.

J'ai compris aussi que s'immiscent dans de petits interstices d'éternité des malédictions et des rancœurs.

Je ne pensais pas que la frontière, si toutefois il en existe une, entre les Mondes soit si perméable.

Quelle malédiction tient ton âme sous sa coupe, toi que je reconnais aux mille indices que tu ne peux me cacher ? Quel pouvoir malsain t'enchaîne au point de vouloir ôter des vies qui devraient t'être chères [...] »

Clairement, il m'avait été envoyé la prémonition de l'accident de voiture, assez inexpliqué, d'un conducteur doublant toute la file pour griller un feu rouge, dont ma fille et mon petit-fils nouveau-né d'une semaine allaient être l'objet.

Une fois encore, elle fut meurtrie, mais cette fois en plus dans sa chair.

Je la dorlotai, la bichonnai, lui servit de nounou et de garde malade, et même au pluriel, car le petit était là, et il fallait s'en occuper.

C'était un peu le camping dans son petit studio, mais il était impensable que je les laisse seuls, dans le désarroi.

Peu à peu, la santé lui revint, et elle put assumer son rôle de jeune maman.

De mon côté, je fus licenciée, et je reçus un petit pactole.

Comme ma celtitude me titillait l'âme, j'allai de plus en plus souvent en Bretagne.

Ma fille reprenait le court de sa vie, et je la sentais prête à l'affronter seule, sans que je sois derrière elle tout le temps.

BRETAGNE

C'est à Rennes, dans les marches de Bretagne, que je louai une chambre meublée au mois, dans un ancien hôtel miteux digne d'un polar de série B. Ce n'était pas le confort, mais c'était pratique, et dans une grande ville, il y a tout à portée de main.

Je passais mon temps entre oisiveté et kilomètres de routes, à courir derrière mes ancêtres.

De là, je menais des expéditions sur leurs traces et, avec tous ces éléments, j'en construisis ma généalogie. Je m'engouffrai sans retenue dans cette quête.

Avoir une famille qui s'agrandissait et s'agrandissait encore me faisait chaud au cœur. Des noms insoupçonnés venaient à moi, et très vite ils emplissaient mon livre d'images mentales.

Des moments de vie apparaissaient, comme des étoiles, au fur et à mesure que la nuit devenait profonde ; des prénoms au goût suranné se firent jour, et parfois pas.

Le parfois pas m'arrivait comme un coup de poing dans le ventre.

Routinière, j'arrivai dans une mairie, histoire de fouiller de mon groin les champs de pommes de terre que sont les registres d'état civil.

Comme je commençais à avoir un peu de technique, je lisais en diagonale ces registres, les témoins, les lieux-dits de naissance, etc.

Finalement, ce jour-là, je découvris une tante dont personne ne connaissait l'existence.

L'émotion et la tristesse furent intenses de lire que, ce jour-là de 1918, était née une petite fille mort-née, que l'état civil a nommée « anonyme ». Je me suis tout de suite sentie proche d'elle, moi avec mon « masculin, fille de... » à l'état civil bancal.

J'ai eu beaucoup de peine pour mes grands-parents, car mon grand-père était à Verdun dans les tranchées, vivant parmi les morts et, à son retour, mort parmi les vivants. Et cruellement, la vie leur enleva ce qui aurait pu être une grande joie pour se reconstruire, reconstruire leurs vies.

J'ai été profondément choquée, bien que j'aie déjà croisé cette annotation dans d'autres registres, pour des inconnus. Mais que ce soit ma tante là, sur cette feuille, et qu'elle n'ait eu que ça pour sa seule existence, qu'elle n'ait pas eu une chance, même celle d'être confrontée au pire.

Cela m'a retournée qu'elle n'ait pas d'existence légale, moins encore qu'une étoile filante.

Depuis, pour rendre hommage à son âme, je l'ai baptisée Alwena, du prénom breton de son jour de naissance, et de temps à autre elle vit le peu de temps que moi je lui prête ma vie.

Mais mes recherches m'amenèrent de l'autre côté de l'arc-en-ciel, et ce fut un délice de découvrir des gens et des vies.

C'était l'occasion aussi de trouver en moi des traits communs avec mes ancêtres. C'était même rassurant que cela soit, car ils me faisaient exister, sachant dans ma chair que c'étaient les miens.

René fut de ceux où mon caractère de rebelle et d'indéracinable trouva de la satisfaction, au travers de ses actes.

Comme un pied de nez, il s'était marié avec l'une des dernières femmes de la noblesse authentique bretonne, en 1789.

De leur amour pur qui ne baissait pas les yeux, indomptables, ils ont défié la révolution naissante et sa cohorte de sanguinaires qui s'arrogeaient tous les droits, coupant les têtes de tout ce qui avait un semblant de noblesse, comme on se fait tuer maintenant dans des banlieues, juste pour un regard(5).

Pouvait-il en être autrement ? Je sais que non, moi qui ai aussi notre duchesse parmi mes ancêtres, il l'avait. La même élévation d'âme était en eux.

Cette âme qui fait que l'on ne prête pas toujours d'importance à soi, face aux enjeux de la vie, et qu'est incrustée en nous la devise de la Bretagne : Plutôt la mort que la souillure.

C'était le début de ma réflexion sur moi, et elle était encore au masculin, ce que le présent me jetait au visage, dans cette année deux-mille-trois.

Déjà ressortait du : je ferai ce que je souhaite, ce n'est pas moi qui parle bien qu'il s'agisse de moi, je me fiche de cette vie, de mon corps.

De plus en plus, je me cherchais, tenant à l'écart le doute, comme pour un chien mal éduqué qui veut manger dans votre assiette, en le repoussant du coude, afin de pouvoir écarter le rideau de ma vie, et d'y voir que dans la lumière était la vérité.

Parallèlement, les années d'enfer me torturant l'âme s'estompaient.

Bien que ne l'ayant jamais laissé s'exprimer, dans un semblant de quiétude, je n'étais plus une personne écorchée vive à l'intérieur. Ce dont tout le monde se fichait d'ailleurs.

CAROLINE & TOM

Mes pérégrinations sur internet me firent lier d'amitié avec Caroline.

Pour être complètement honnête, j'étais en recherche de sexe, d'absolu, de vrai, en fait de choses que je n'avais jamais connues. Et le sexe, c'est bien la seule chose qu'il n'y ait jamais eu entre nous, même si nous en avons largement parlé.

Depuis cette année deux-mille-six, elle est mon amie, pas la seule, mais elle a cette place à part qui la rend irremplaçable à mes yeux, pour m'avoir accompagnée dans ma découverte de moi.

Sans qu'elle ne me le dise, sans qu'elle ne fasse d'allusions, nos échanges et ses paroles m'amenèrent à réfléchir sur moi, et bien au-delà de ça, sur ma personnalité, sur mon passé, mes doutes.

Ce n'est que deux ans après notre rencontre que je frappai à la première porte médicale. Je garde ce souvenir de monter ces marches de pavillon, en homme déguisé en femme, et de sonner.

C'est encore en moi, et que le temps m'a paru long pour que quelqu'un ne vienne m'ouvrir, exposée au regard des autres et de mes doutes, suffisamment longtemps pour me dire que j'allais être refoulée manu-militari, que ce psychologue à Brest sur lequel je n'avais lu que des choses bien, que ce Tom [(6)] ne voudrait pas baisser le regard sur la particularité que j'étais.

Un peu comme la sexologue que j'avais vue quelque temps avant qui, pour conclure la consultation, me dit qu'elle ne pouvait rien pour moi.

Aimablement accueillie, je suis entrée dans la pièce de consultation au décor que je qualifierais de plutôt kitch.

J'ai parlé des heures, jusqu'à ce que l'après-midi rende l'âme.

Dans une sorte d'inspiration spontanée, tout était clair pour moi, et je disais des mots que moi-même j'ignorais, comme les apprenant au fur et à mesure, ne sachant d'où je les sortais.

Mes tripes parlaient pour moi, mes émotions, mes ressentis, mes doutes, mes désirs insatisfaits.

Quel soulagement que de parler ouvertement et sans jugement !

Quel soulagement que de savoir ne pas être détraqué sexuel d'une espèce inconnue !

Quel soulagement de savoir que j'étais quelque chose de connu médicalement, bien qu'il me faille maintenant savoir et comprendre qui j'étais.

Comme par enchantement, mon doute viscéral s'en allait et laissait petit à petit place à la certitude, laissait place à la femme. Une petite fille de quatre ans regardait la scène de loin, le sourire au coin de l'œil.

Tout n'était pas si flagrant que ça, mais je réalisais que j'avais toujours eu le même caractère, la même ligne de conduite, les mêmes désirs et les mêmes rancœurs, et que finalement j'avais toujours réagi en femme. Que j'étais une femme, indéniablement.

J'étais donc ce que j'avais lu dans des témoignages : une femme dans un corps d'homme.

Je m'en suis voulu assez longtemps d'être passée pendant des décennies à côté d'une vérité pourtant si évidente maintenant.

Étrangement, le bouleversement n'était pas profond, ce n'était pas le monde qui basculait tout-à-coup. Je n'avais juste qu'une différence à faire vivre, je dirais même une différente.

J'étais, au début de ma vie, à la boussole, car je me savais aller dans une direction, mais n'en connaissais pas le chemin exact, ni les raccourcis, ni les embûches.

Cela semble peu d'expliquer que je suis transexuelle en quatre mots, mais c'est ce que je ressentais, et c'est comme ça que je l'ai vécu.

Comme il m'était arrivé de m'interroger sur les limites de ce Monde et de l'Autre monde, je m'interrogeai donc sur mes limites, celles du monde de moi, la femme, et de l'autre monde, celui de l'homme, son contenant.

Pas simple, ce mélange que j'étais, car si j'avais cette dualité, je devais aussi prendre de la distance, et avoir un jugement.

Pour l'heure, mes échanges amicaux avec Caro continuaient, et la savoir présente, savoir qu'il y avait quelqu'un avec qui échanger et sur qui je pouvais compter m'aidait.

Secrètement, seule chez moi, je commençai à laisser vivre la femme en moi, et je me laissai aller à ces moments étranges de travestisme, passage de flambeau de petite fille vers mon moi, vers ma vie.

Ces moments n'étaient que vivre en femme, bien que je devais ressembler plus à un personnage de dessin animé hippopotame en tutu qu'à une miss.

Seule dans ma vie, donc avec moi-même, j'avais l'avantage de me vivre comme je voulais, quand je le voulais.

J'habitais un petit hameau fait de cinq foyers, et à peine plus d'habitants, et, bien que j'aie eu l'envie de sortir du jour au lendemain en grande folle dans l'unique rue, juste par amusement, cela relevait de l'inconscience, et je n'en étais pas vraiment là.

C'est donc à la nuit tombée que je sortais en voiture : ces moments étaient étranges car, sans me cacher mais avec beaucoup de réserve pourtant, je m'arrêtais parfois en ayant à la fois la crainte et l'envie que quelqu'un apparaisse et me voie.

Je n'en attendais pas plus : être vue d'un regard neutre, sans jugement, et ces escapades n'étaient faites que de ça.

À cette époque, j'avais une voiture que je qualifierais d'improbable, fantôme de sa vie passée, et au contrôle technique périmé.

C'est pourtant avec « ça » que j'allai à Rennes pour le feu d'artifice du nouvel an deux-mille-huit.

Robe noire en tricot, veste de cuir fin, bottes marron clair pour le coté sexy et, pour la coquinerie, bas noir et porte-jarretelles.

C'est donc ainsi que j'arrivai en ville.

Je me garai dans un endroit que je connaissais bien, dans cette rue en longue pente qui descend en ville, en venant par la route de Saint-Brieuc.

Une petite marche arrière et voilà, nous étions garés, moi, ma représentation de moi, et le délabrement de ma voiture.

Presque car, montant la côte au ralenti, arriva de l'autre côté de la rue une voiture de police. Je savais juste, à cet instant, qu'ils me regardaient.

À une vitesse supersonique, je réfléchis et me dis : « Tu es à leurs yeux un homme déguisé en femme, un travesti, et le monde des mâles à peu de tendresse pour eux. Le monde de la police ne fait pas exception. »

Comme, dans mon ressenti intérieur, je savais qu'ils feraient demi-tour, je m'imaginai la scène de l'explication que je devrais fournir sur moi et sur mon véhicule délabré au contrôle technique périmé.

Je ne sais pas trop laquelle des deux options serait en haut de leur palmarès, mais cela m'annonçait des moments pénibles.

N'étant encore qu'à la hauteur de l'avant de ma voiture, je fis demi-tour, comme ayant oublié quelque chose.

J'attendis pour vérifier qu'ils n'avaient pas déjà fait demi-tour aussi.

Après une grosse minute, le temps qu'ils s'éloignent, je repartis sans même allumer mes lumières, pour rester confondue dans la masse noire de la nuit.

C'est le souvenir qu'il me reste de ce nouvel an, et qui maintenant est un souvenir amusant.

Bien que ce fût un flop, cela avait eu un aspect initiatique.

Pour la première fois, j'ai osé montrer au monde ma féminité et, chose étrange, car c'était un peu ça dans ma tête, la terre ne s'est pas ouverte sous mes pieds, et personne ne m'a jeté de pierres.

De plus en plus souvent, de plus en plus longtemps, de plus en plus ouvertement, mais loin de chez moi, je multipliai ces moments délicieux où j'étais femme.

Je construisis ma vie comme on relit un livre, mais en le traduisant dans une langue étrangère. Je relis ma vie à la lumière de la femme que j'avais toujours été.

Mais ma vie n'était pas faite seulement d'inconnues, car il y avait aussi ma famille.

En la matière, je ne pouvais pas avoir le même comportement qu'avec tout le monde : si ça te va, c'est bien, autrement, je m'en fiche.

Plus subtiles que ça furent les réactions qui parfois s'enchaînaient en cascade.

RÉVÉLATIONS

Je n'avais pas encore la conscience complète de mon parcours à venir, ni de quoi il serait fait. Mes seules certitudes étant que j'allais « là-bas ».

Ayant exploré internet, je savais déjà qu'au bout il y avait une opération chirurgicale, et que j'étais prête à tout pour y arriver, pour faire rendre l'âme à l'incongru.

Je savais les sacrifices, les doutes, les insultes, la mise à l'écart, la trahison. Toutes ces choses, j'en étais consciente, mais elles n'avaient aucune espèce d'importance pour moi. Elles n'auraient aucun poids dans ma décision.

Dans ce moment déjà palpable, mais où je n'avais pas encore toutes les cartes en main, c'est ma famille qui allait ouvrir le chapitre, par ma fille précisément.

Nous avions une sorte de règle tacite entre nous, car bien que vivant peu éloignées, nous nous voyions peu.

Elle me contactait lorsque qu'elle avait besoin d'une baby-sitter, et je lui rendais ce service depuis longtemps.

Cela nous donnait le plaisir de nous voir, et, ne nous étant pas vues depuis parfois longtemps, nous avions des choses à nous dire. Nous préférions ça au rosbif-haricots sans âme, et systématique, du dimanche midi.

Ce jour-là, elle me téléphona, me demandant si je pouvais être là pour garder les enfants.

Comme toutes ces autres fois-là, j'étais d'accord.

J'avais depuis quelque temps pris des largesses avec mon image, m'amusant à en bafouer le masculin, avec des cheveux teints en blond « pétasse » et de larges boucles à la Heidi.

Dans la conversation, je rajoutai : « J'ai une chose à te dire, je me suis fait percer les oreilles. »

La réponse a été immédiate : « T'es cinglé, tu commençais à faire des trucs bizarres, mais là… »

J'ai compris qu'un abîme allait s'ouvrir, alors je lui ai proposé de la voir en tête-à-tête, pour que je lui explique.

Expliquer quoi d'ailleurs, pas grand-chose, si ce n'est que je me sentais bien comme ça, que je vivais ce que j'étais, et qu'effectivement il y avait peu de visibilité, y compris pour moi, dans mon futur. Mais que c'était là que j'allais.

Cela ne fut pas à son goût, et elle admit mal que je fasse plus ou moins n'importe quoi sans la consulter, et sans qu'elle me donne son accord.

Je sentais bien qu'en prenant une décision sans concertation j'empiétais sur son droit régalien sur moi, qu'elle s'était octroyé, découlant du fait que j'avais passé plusieurs années dévouée à elle, et que c'était devenu une normalité.

Cette conversation posa le doigt sur cette incompréhension qui existe entre les autres quels qu'ils soient et les trans. Personne n'arrive à vivre dans ses tripes le vital qui existe dans notre démarche.

Dans vital, il faut bien comprendre aussi : de vie ou de mort, soit physique soit psychique. Il faut y inclure toute la force et la détermination que nous mettons pour survivre comme nous sommes, sans montrer que nous avons mal de nous, et que nous serions capables de nous faire couper un bras sans broncher, s'il fallait le faire.

Pour nous, la chose est simple : être uniforme, et qu'enfin physique et psychique soient à l'unisson.

Et ne pensez pas dépravation sexuelle, car si l'on m'avait proposé de me changer le cerveau et de garder mon sexe, je l'aurais fait. Mais cela ne se fait pas. Déjà qu'il est difficile d'avoir un sexe normal, si toutefois la normalité existe.

Viennent s'ajouter des concepts sociaux exprimés en « Que dire aux enfants, à la famille ? »

C'est à peine si je maîtrise là où j'en suis avec moi-même. Je ne sais pas ce qu'elle peut leur dire pour expliquer mon changement, bien que je réalise que c'est compliqué de dire à un enfant que maintenant papy, c'est mamie. Je ne sais pas ce qu'ils pourront comprendre, ce sont ses enfants.

Comme j'avais senti le quiproquo arriver et que j'ai vu la négociation montrer le bout de son nez, je lui fis entendre que ma transidentité, bien que je ne la nomme pas, car ne sachant pas la nommer, faisait partie des choses impossibles à négocier.

Percevant mon attitude comme une fantaisie de l'esprit, elle se dit pourquoi pas, effectivement, me laisser être papa et papy à mi-temps, pour faire la part du feu. Quelque chose comme se travestir chez moi, seule, et être masculin pour les apparitions dans la famille.

Sans doute y avait-il aussi beaucoup d'amour caché derrière tout ça ; celui de m'aider à surmonter cette épreuve, celui de retrouver le « bon » chemin.

A vrai dire, cette posture avait déjà été expérimentée dans ma vie sociale ; je l'avais fait sans qu'elle ne s'en rende compte, sans que personne ne le sache.

C'est vrai que j'ai fermé un peu la conversation, et que cela a restreint l'échange. Le « Tu es égoïste » que je reçus en retour l'a close définitivement. À partir de cet instant, j'ai saisi à quel point j'étais incomprise, à quel point la prise de conscience des autres était improbable. Car, viscéralement, ma fille était la personne que j'avais de plus proche, et elle aurait pu instinctivement le faire.

J'allais d'ailleurs vite le vivre à nouveau. Mon fils me contacta à ce sujet et, dans cet instant, j'en voulus à ma fille de le lui avoir dit, de le lui avoir dit comme elle le pensait, comme elle l'avait ressenti, comme elle l'avait mal vécu.

Dans ça, seul le fait qu'elle confisque ma parole me fut insupportable car, pour le reste, ses ressentiments me semblaient légitimes, si je me mettais à sa place, chose que d'ailleurs les autres ne faisaient pas vis-à-vis de moi, et qui très vite me fit comprendre que j'allais être seule dans mon combat. Finalement ce n'était pas plus mal, plutôt que d'avoir près de moi des soldats qui ne voulaient pas aller à la guerre.

Ayant été alerté par sa sœur, mon fils m'écrivit donc.

Finalement, je me demande pourquoi, car après m'avoir dit que sa sœur lui avait parlé de mes « projets de vie », il me dit sa surprise, mais que ce n'était pas le moment de l'évoquer.

Bon, soit. Ensuite, bien que s'imaginant que ce n'était pas facile pour moi d'en parler, il oscillait entre le temps passé et le temps futur.

Puis il déplora (à nouveau) que nous n'en ayons pas parlé, et m'en faisait reproche par avance, préférant que nous en parlions avant que je ne sois passée chez lui.

Étant dans ce temps d'« avant », je n'arrivai pas à suivre sa logique, car nous en parlions justement.

Au moins, ma fille lui avait transmis une vérité : mes changements physiques commençaient à être visibles.

C'est sur ça qu'il s'appuyait pour me dire qu'il allait peut-être « paraître non conciliant », mais qu'il ne souhaitait pas me voir chez lui avec ces changements.

Arrivée à ce point, que restait-il à envisager ? Rien, il ne restait plus qu'à refermer le livre et à le ranger dans la bibliothèque, sans terminer l'histoire.

Mais, pour moi, son sentiment était important, donc je continuai.

Extrapolant ma visite, il me livrait qu'il aurait un sentiment de honte, rajoutant encore et encore que « Je ne lui en avais pas parlé. »

Mais il n'en était pas à s'exprimer « sur le fond », car je ne lui en avais rien dit… Je comprenais qu'il était dans le désarroi, et qu'il ne savait pas trop quoi faire, ni dire.

J'avais mes propres convictions, mes choix de vie, et nous ne nous étions pas vraiment concertés. Bien entendu, il avait ses propres « positions sur le sujet » et, bis repetita, je ne les avais « pas vraiment concertés ».

Conscient que ce n'étaient que des propos rapportés, il ne souhaitait pas me voir telle que j'étais à ce moment.

Ses propos du jour se terminèrent sur le fait qu'il n'avait pas envie d'en dire plus « vu que l'on ne s'était pas parlé... »

C'est comme ça que j'ai perdu mon fils, sur une organisation temporelle. C'est au moins comme ça qu'il se le justifie à lui-même.

Je ne refermai pas tout de suite le livre pour le ranger à prendre la poussière, car il verrouillait toutes les portes : je ne lui en avais pas parlé, mais il voulait en discuter avant qu'on se voit, et j'étais persona non grata chez lui. Difficile de concilier tout ça.

Pour tenter d'être claire dans mon attitude, je lui répondis :

Bonjour,

Bon, je vois que ta sœur a parfois le caractère de sa mère, et qu'elle ne peut s'empêcher (volontairement ou pas) de foutre la m…

[…] Maintenant, je suis dans la pire situation imaginée. T'exposer tout ça avec des idées plus ou moins faussées par les propos de ta sœur, car elle te les a livrés avec son ressentiment.

Avant tout, pourquoi ces explications « tardives », car j'aurais pu me livrer plus tôt, la dernière fois par exemple. D'ailleurs, j'étais déjà dans l'état actuel, parce que je ne voulais pas jeter ça en pâture, et débrouillez-vous avec (je sais que tu me diras que finalement c'est ça).

J'ai eu beaucoup de remords, car je sais que cela pouvait vous remettre en cause (interrogation sur soi, etc.), et finalement ce n'est jamais « le bon moment », d'où le fait d'attendre de t'en parler de vive voix. Car j'en avais parlé avec ta sœur et qu'il fallait t'en parler aussi.

[…] Allons au fond des choses. Voilà presque deux ans que j'ai ressenti des « changements » en moi, des changements qui n'en

sont pas, juste des retours à la surface. Mais le début, s'il y en a un, est bien plus ancien que ça.

Je te passe sous silence tous mes doutes d'enfance, les situations que j'ai vécues autrement qu'en mec, en commençant par mon acte de naissance où je suis fille de ...

Beaucoup de doutes et de situations jusqu'à l'adolescence, qui ne change rien car, si je voyais bien qu'il se passait quelque chose entre les filles et les garçons, j'étais « spectateur ».

Arrive la rencontre avec votre mère […] Nous sommes tous sortis plus ou moins ébréchés de cette situation (période où mon interrogation sur moi était restée dans l'ombre).

Après une dizaine d'années, j'ai fini par retrouver un équilibre intérieur. J'ai aussi retrouvé mes « fantômes » du doute […] Des batailles internes entre hormones mâles et femelles… Et reviennent aussi à la surface des moments de vie du passé où je me dis "mais bien sûr..."

Je n'ai pas de date pour te dire : « Voilà, ça a commencé tel jour », mais mon départ en Bretagne était déjà une manière de me mettre face à moi-même.

Voilà ce que je peux écrire « vite-fait ». Restent le présent et le futur.

[…] Le présent : je ne sais pas comment ta sœur t'a représenté mon allure mais bon, à part les oreilles et les cheveux... (qui feraient peut être rire en d'autres circonstances), il n'y a rien de particulier. Je veux dire par là que les gens qui me regardent ne se posent pas plus de questions sur mon identité qu'avant. (Je n'ai pas

dit qu'ils ne s'en posaient pas). Mon intention était de venir [...], j'envisageais d'en parler. Voilà, c'est donc fait ; ou presque.

Presque, parce qu'il faut que je rajoute ce à quoi ta sœur m'a rétorqué que je suis égoïste : c'est ma vie. Évidemment, il faut penser aux autres, et c'est le remord que j'ai conçu pendant des années déjà ; mais qui peut m'interdire d'être qui je suis, au nom de l'image que l'on a de moi ?

Je sais que c'est toujours plus difficile aux proches de voir les autres comme ils sont, et pas comme ils les ont vécus ou ressentis. Mais n'y a-t-il pas des situations du passé qui disent « Oui, effectivement ... », comme je me le suis dit sur moi-même ?

Pour le futur : ... plus généralement, je ne t'imposerai pas ma présence, [...] comme je n'ai pas l'intention de convaincre, ni de marchander.

Quoi d'ailleurs ? Car je me rends compte que je te parle sur une vérité non formulée.

Donc je le formule précisément : je suis une femme dans un corps d'homme.

Ce n'est pas un choix, c'est une constatation. Ce n'est pas sexuel, car à ce sujet ça m'apporte des problèmes, et pas des réponses.

Alors oui, je suis en évolution vers « réintégrer le corps qui est le mien ».

Comme il s'agit de ma vie ; je la vis comme je suis, je ne suis pas sur terre pour ressembler à l'image que l'on se fait de moi (subjective ou officielle).

Je comprends très bien que c'est difficile « à avaler », mais je n'ai pas l'intention d'essayer de convaincre, même si je peux expliquer tout ce que l'on veut ; ni me condamner à vivre dans ma prison. Je ne me sens aucune concession à faire, autre que celles déjà faites.

Pour ma part, mon regard sur ceux qui m'entourent n'a pas changé, et je reste donc toujours disponible.

Bises à vous deux (trois)

La réponse arriva vite.

Au début, j'ai pensé plus compréhensive son attitude parce qu'effectivement il s'agissait de ma vie, mais c'était pour mieux me dire « Et puis merde, ce n'est pas qu'un changement de look !!!!! » ; encore et toujours l'apparence.

Je réalisai toute la frustration qu'il se construisait, juste dans l'apparence, et cela masquait le reste de la réalité dans son esprit.

Je comprenais que, pour lui, dans la discussion non ouverte se cachait la « négociation », qu'il exprimait de cette manière.

« Tu nous annonces ton changement presque abouti, et apparemment bien mûri et réfléchi… merde !!! »

Ce sur quoi il se trompait, car ma démarche n'était pas construite ni préméditée, comme il le laissait entendre. Elle était comme un vent de tempête qui poussait dans le dos, et empêchait de marcher correctement.

Suivirent quelques propos sur le fait que je ne verrais pas les choses comme elles étaient.

Au moins, il avait saisi le sens de mes propos, et compris que je ne souhaitais pas négocier, que je n'étais pas «… dans l'optique de convaincre, ça c'est sûr, surtout vu où tu en es dans ta phase de changement... »

Mais c'était pour mieux exprimer sa frustration, qu'il me livrait: «… Tu ne me laisses vraiment pas une part de réflexion sur le sujet [...] Tu dis qu'au fond tu étais toujours une fille en toi, mais nous t'avons toujours connu en homme, en père… »

Juste ce dernier petit bout de phrase me transperçait et me laissait à la bouche le goût de la trahison envers eux.

Je n'y pouvais rien de plus. Je savais que si je voulais me construire, je ne pouvais pas avoir d'états d'âme, y compris de cette importance, dans le « pacte avec le diable » qui était le pacte avec ma vie. Je savais que j'allais perdre des êtres chers, et qu'il faudrait que je l'assume, que j'en prenne la responsabilité pour tout le monde, aux yeux du monde, car c'était ça ou mourir.

J'ai ouvert un peu mon cœur mais, malgré ma sincérité, la polémique s'enclenchait. C'était déjà trop tard.

Je pris la peine de lui écrire à nouveau, bien que sachant au fond de moi que tout était irrémédiablement fini.

Cette ouverture sur notre vie passée, il me la rejeta à la figure, car il ne savait pas comment, car il ne voulait pas trouver de vérité : donc j'étais coupable.

J'ai ouvert pour la première fois ce chapitre et le referme définitivement.

Je ne renie rien, ni personne ; bien au contraire, car je viens vous l'exposer franchement : c'est que c'est important. J'aurais pu aussi m'évanouir dans la nature et ne plus jamais donner de mes nouvelles. Cette décision dépend de la compréhension et de la tolérance que vous aurez envers moi.

Je sais bien qu'on ne parle pas de la pluie et du beau temps, mais seulement de ma vie. Mais, s'il te plaît, ne conditionne pas ton jugement au « qu'en dira-t-on ». As-tu déjà, durant ce mois (car il semble que ça fasse un mois), essayé de tester le jugement de ceux que tu redoutes tant, du genre : « Vous trouvez pas que mon père a des allures d'homo ? » (ce que ta sœur aurai préféré que je sois), histoire de savoir ce qu'ils pensent.

Mais surtout, qu'en penses-tu, toi, car c'est la seule vraie question ? On ne se bat que pour ce dont on est convaincu ou pas.

Moi, je n'aurai aucun jugement sur la décision finale de toi ou ta sœur, car je sais que c'est principalement du ressenti, et qu'il n'y a pas à convaincre. Comme il ne faut pas attendre de moi que je "revienne à la réalité ", ou que je "fasse des efforts", ou d'autres reniements de ce genre.

Bises

Finalement, le rapport était là : ceux prenant fait et cause pour moi s'infligeaient de se battre aussi face à la société, la vie sociale, les autres… et aussi avec eux-mêmes. Ils faisaient leur mon combat vers une vie normale, ayant comme terreau l'anormalité du moment.

Mes enfants sont restés de l'autre côté de ce mur de verre.

Ce n'était pas du reniement, bien que cela en ait beaucoup eu l'odeur, mais, comme enfant on s'amuse à déguiser son chien, ils voulaient me déguiser à leur manière.

Je les aime toujours et j'évite de me dire qu'ils me manquent, car la douleur est trop profonde. Mais qu'ils sachent, à nouveau, dans ces mots, qu'ils sont toujours les bienvenus dans ma vie.

Puis très vite me vint à l'esprit que la vie de famille, c'est un peu un mikado, dans lequel ma fille était très proche de ma mère, et qu'elles se téléphonaient souvent.

J'allai donc rendre visite à ma maman.

Le tête-à-tête fut peu fructueux. Maman, conformément à l'habitude de vie qu'elle s'était fixée, écoutait et ne bronchait pas, ne livrait rien.

Cela ne me dérangeait pas plus que ça, car ce que je voulais surtout, c'était qu'elle l'apprenne de ma bouche, et que je sois présente, car je m'étais dit que peut-être elle avait de la culpabilité cachée en elle.

Comme je n'avais pas de rancœur, il était important de le lui dire et d'être là.

La seule vraie phrase liée directement au sujet de la conversation a été : « Oui mais, à cette époque-là, on savait pas. »

Comme je suis restée sur ma faim avec ces quelques mots qui, pourtant, étaient très significatifs de la réalité du moment, à l'époque de ma naissance, et de la perception qu'elle en avait; le lendemain, rentrée chez moi, je lui écrivis.

Dans la foulée, j'écrivis aussi à ma fratrie, pour boucler la boucle.

Tout le monde aurait la même information au même moment, ainsi cela couperait court aux bavardages intempestifs, comme l'avait fait ma fille.

Bonjour

En préambule, j'écris ce courrier à mes frères et à mes sœurs, avec qui je n'ai pas beaucoup de contacts, ou que je ne rencontre pas souvent, et en dehors des relations personnelles que j'entretiens.

Pourquoi ce courrier ? Parce qu'à situation exceptionnelle, moyen exceptionnel.

Je vais faire simple, car cela pourrait être très compliqué, et aller à l'essentiel.

Je suis allé chez maman pour parler avec elle car, après avoir parlé à mes enfants, je souhaitais avoir un dialogue avec elle. Ne restent donc que les frères et sœurs.

En résumé : j'ai toujours vécu « à part » et passé ma vie dans le doute de moi-même, dans la recherche de signification de mille petites choses.

J'ai donc longtemps recherché MA vérité, et les propos de maman me l'ont confirmé. Il en résulte que je suis une femme dans un corps d'homme; celui le plus plausible à ma naissance.

Ce sera le seul souhait que j'exprime : ne bombardez pas maman de questions inutiles, ce serait le comble qu'elle vous y réponde, ne m'y ayant pas répondu dans le passé.

S'il faut le dire : je vais bien, merci, et maintenant, je vis heureuse dans ma vie de femme.

Voilà, ce courrier par honnêteté intellectuelle.

Évidemment, comme je l'ai dit à maman, je suis sans jugement, regrets, ni amertume sur mon passé, et nos parents. Tout comme je le serais si éventuellement on me tournait le dos, car je préférerais largement ça à l'hypocrisie ou à la curiosité malveillante. Tout comme je n'attends rien de particulier en retour.

Par contre, il n'est plus question pour moi de «jouer» à l'homme, pour être en accord avec l'image que les autres ont de moi. Je ne réserve plus ça qu'aux administrations, pour qui je demeure Monsieur.

Pour rompre avec cette personne du passé qui n'était pas moi, sans trahir, j'ai choisi de me prénommer du prénom dont toute mon enfance j'ai entendu maman dire : si ça avait été une fille… Moyen pratique d'être différente du passé, de mon identité «officielle».

Bien entendu, je ne l'impose à personne.

Si vous êtes dans l'envie de m'écrire, et je tiens à dire que je n'attends pas forcément de réponses, il est possible de le faire sous les deux identités. Ma factrice me connaît de ces deux manières-là au :

31 rue xxx xxxxxxxxxx

56xxx XXXXXXXX

En espérant ne pas chambouler votre quotidien.

En vous souhaitant le meilleur.

Bises

Voilà, tout le monde maintenant avait la même information.

Évidemment, je ne transigeais pas. À eux de se mettre au diapason de ma réalité, c'était comme ça.

Je n'avais pas négocié avec mes enfants et je ne l'aurais pas fait avec eux, surtout qu'ils étaient six, avec autant de sensibilités différentes.

Libérée de cet abcès, je me laissai submerger par ma vie comme on s'amuse à se laisser couler dans son bain, comme je m'étais endormie au départ de l'orphelinat.

HORS DE MOI

Puis, comme pour mettre à l'épreuve ma vérité encore fragile, je fis un stage loin de chez moi, donc hébergée.

J'y fus accueillie en homme, car c'était ma qualification officielle, et évidemment hors de l'hébergement féminin.

Je n'étais pas assez forte dans ma personnalité pour affronter les institutions et crier « Je suis femme », le vivre avec les autres stagiaires, et qui sait me faire éjecter manu militari.

Je n'étais pas prête à risquer ça, sachant que j'étais mieux indemnisée que le minima social de Pôle Emploi.

Je me suis liée avec une Martinoise, son intelligence m'ayant subjuguée, et déjà, malgré son jeune âge, bardée de diplômes.

Nous étions intellectuellement très proches, et, pour échapper aux mâles en rut, elle laissait entendre que nous étions « ensemble ». C'est avec beaucoup d'amusement que j'ai joué ce jeu lorsqu'elle me l'a soumis.

Ce simple jeu innocent, juste fait pour être utile, m'apporta pourtant beaucoup de matière à réfléchir.

D'abord, c'est l'aspect perception qui m'est venu avec la question : « Comment suis-je vue ? » En homme, en presque femme ?

Plus compliqué a été de me définir dans cette pseudo relation. Le désintérêt était-il si réel, et dans quel sexe je le vivais ?

Cet aspect des choses a largement envahi ma pensée et, comme elle était hétéro, mais seulement pas intéressée par la bande d'animaux qui gravitaient autour d'elle, donc pas lesbienne, notre relation n'est jamais allée plus loin que l'apparence donnée, comme une pièce de théâtre.

Et jouer un rôle, je connaissais. Je l'avais fait durant toute ma vie précédente.

D'ailleurs, aurait-elle compris et admis que je sois femme dans un corps d'homme ?

DÉMÉNAGEMENTS

Une fois encore, j'allais déménager. C'était la neuvième fois de mon existence, mais si j'écris déménagements au pluriel, c'est que ça allait l'être aussi de ma vie.

Je me retrouvai en centre Bretagne, proche des terres de mes ancêtres.

Ce n'est pas ça qui était déterminant, mais que ce déménagement ait un goût particulier.

J'arrivai avec dans les pensées que j'étais femme, que j'allais arriver dans un endroit inconnu, cela signifiant pour moi et pour les autres, que j'allais devoir me faire de nouvelles relations, tisser de nouvelles amitiés.

Cet aspect relationnel est très vite devenu déterminant dans ma nouvelle vie, alors qu'avant j'étais plutôt ermite exilée de moi et des autres. J'avais envie de vie sociale, et je pris du plaisir à en avoir.

C'était le fruit d'une position déterminée : j'étais femme, j'allais donc vivre en femme, me montrer en femme, et éradiquer la moindre émanation de masculin en moi.

Cette fois, j'étais femme du jour au lendemain, au moins dans l'expression de ce qu'était mon caractère, et dans l'apparence la plus féminine qu'il me soit possible de montrer aux autres.

L'avantage de vivre dans une petite ville rurale, c'est que les gens « n'en pensaient pas moins », mais qu'ils ne le disaient pas. Ils me fichaient une paix royale.

Je n'étais pas dupe. Je savais bien que certains faisaient des yeux ronds en me voyant, que d'autres avaient plus envie de pouffer de rire.

Au moins ici, la transphobie n'avait pas cours ouvertement. Maman ne « savait pas », et eux non plus ne savaient pas, bien que le savoir n'aurait pas eu la même valeur.

C'est dans cette quiétude sociale que je m'emmenais promener en ville, comme on ferait prendre le soleil à un enfant.

C'est aussi dans l'acceptation que l'on avait de moi dans les aspects du quotidien que je me construisais.

Un cercle vertueux se mit en place, où plus on m'acceptait et plus j'étais à même de montrer mon vrai caractère, et plus on m'appréciait.

Pour autant, tout n'était pas fini. J'étais juste un « mec bizarre habillé en femme », qui tentait de se faire accepter des autres, en étant habillé comme une prostituée.

Ce n'était pas fini, et ce n'était que le début en fait.

Mes recherches sur internet et mes échanges très ouverts avec Caro me mirent sur le chemin du parcours se trouvant devant moi, qui me paraissait plutôt nébuleux.

Parcours médical et parcours administratif.

En décortiquant toutes les informations que j'avais recueillies, je savais que ma transition médicale était faite de : psychiatrie, endocrinologie et chirurgie.

Simple, mais à énoncer seulement.

Psychiatrie, premier défi et point d'entrée médical, y compris dans les standards médicaux internationaux, qui conditionnait tout le reste, et que je repoussais de la main au fait que « je n'étais pas dingue ».

Pour l'heure, j'en étais à avoir obtenu une ALD, car ce n'était pas une invention de détraqué, mais bien quelque chose de reconnu médicalement, sur les conseils et le modèle fournis par Tom, et que ma médecin référente avait transmis.

Elle, accommodante, et moi en étions là, et la première piste résidait en l'urologue de l'hôpital local.

Je pensais qu'elle avait mené quelques recherches sur la spécialité concernée, mais ce n'était pas le bon endroit.

J'allai donc consulter ce médecin.

Lui aussi eut un regard de hibou à la vue de mon sexe, et à l'énoncé de mon parcours.

Je remarquai ses efforts de « malgré tout » sérieux, car il m'envoya chez un confrère qui avait pratiqué…

En repartant de là avec juste un numéro de téléphone, à l'explication qu'il ne faisait plus ça depuis dix ans, j'avais un goût d'escroquerie dans la bouche.

Ce numéro, il me l'avait monnayé soixante-dix euros, le prix de la consultation, même pas accompagné de recommandations, alors qu'il se trouvait dans tous les annuaires.

C'est un écueil car certains, sachant que nous mettrions tout en œuvre et que nous serions prêtes à beaucoup de sacrifices, en profitent.

C'est l'enseignement immédiat, vérifié ensuite, que j'en ai tiré.

Ma recherche d'endocrinologue aussi a démarré difficilement.

J'avais obtenu son adresse par une association nationale, mais ça ne s'avéra pas gage de succès.

Elle m'inscrivit une liste de choses à faire au dos d'une enveloppe, comme une liste de courses faite au dépourvue.

Ce que je savais déjà de mon parcours m'était confirmé. C'était mieux que rien, mais ça ne faisait pas vraiment avancer les choses, car je n'avais aucune prescription.

Psychiatre, c'était idem, surtout avec la sectorisation, qui vient compliquer les choses.

Bien sagement, je m'y pliai, et j'allai au CMP de ma ville.

Je découvris vite que le monde médical dans son ensemble était dans le mépris, par méconnaissance, mais par dédain aussi.

Je commençais à maîtriser ce qu'était mon parcours, et ce dont j'avais besoin, mais je passais pour une orgueilleuse, dans le meilleur des cas.

Mon premier rendez-vous serait avec un infirmier, comme pour un pansement à changer, à moins que ce soit eux qui décident de ce que je ressentais, et si j'avais « le droit » de prétendre à être ce que je proclamais…

J'ai eu beau dire l'inutilité de celui-ci, et qu'il fallait que je voie un « vrai » psychiatre, ils étaient trop pédants pour prêter attention au vermisseau que j'étais.

De nombreuses semaines après, je vis donc cet infirmier qui, à l'énoncé de ma motivation, jeta immédiatement l'éponge, comme prévu.

Évidemment, pas d'excuses d'avoir été prise pour une idiote.

Prise de rendez-vous, à nouveau, avec un psychiatre, cette fois-ci deux mois plus tard, rien que ça. Je me dis qu'il ne fallait pas être suicidaire car, vu les délais, on avait le temps de tester toutes les méthodes possibles, et même d'en trouver de nouvelles.

Comme il y avait un hôpital psychiatrique à une vingtaine de kilomètres, je m'y rendis avec l'espoir de trouver meilleure chance.

Je vis une secrétaire, lui expliquai ma démarche et, instinctivement, ce qui semblait être le passage obligatoire, elle me proposa un rendez-vous avec un infirmier.

Je ne lui dis pas dans ces mots-là, mais on me l'avait déjà faite, celle-là.

Elle s'autorisa à griller cette étape et me proposa un rendez-vous au CMP, avec celui que je devais voir de nombreuses semaines plus tard…

Quelques jours après, ayant ruminé ces manières de faire, je me dis qu'il y avait un service psychiatrie à l'hôpital de ma ville, et m'y rendis donc.

J'allais jusqu'à la porte d'entrée seulement car la plaque me laissa perplexe : toujours le même nom. Je fis demi-tour.

Diverses réflexions me vinrent à l'esprit : soit il est excellent et incontournable, soit il est omnipotent et cumule trois salaires différents.

Je me dis aussi que les choses devaient être très difficiles pour ceux n'arrivant pas à s'entendre avec lui, vu qu'il était partout.

Arriva le jour attendu, et j'eus vite une idée de qui j'avais en face de moi.

L'homme se voulait imposant. Relevant les épaules, il me faisait penser à certains personnages de bande dessinée ayant une toute petite tête sortant de la veste, tiré à quatre épingles dans son costume gris anthracite fait sur mesure, qui paraissait amidonné.

Je commençai l'énoncé de ma situation, mais très vite je le vis dans la négation, et il essaya de parer comme un joueur de ping-pong malhabile face à un champion.

J'eus donc droit à du « ce n'est pas évident », « je ne sais pas », des choses vagues, mais à aucun moment un propos positif, une envie de s'impliquer, ou même de tenter de donner le change.

Comme il essayait de me rabrouer, je le poussai dans les cordes et finalement, après que de sa « hauteur » il m'ait dit ne pas connaître trop, je lui lançai qu'il n'avait qu'à faire comme moi, et apprendre la médecine sur internet.

Le monsieur se vexa, le pauvre… Il me rétorqua quelques mots qui se voulaient piquants, à base d'allusions homophobes, puisque trans, il ne connaissait pas.

Je lui lançai «qu'il n'avait qu'à continuer de mettre les gens sous tutelle, vu que c'était la seule chose qu'il savait faire et que, visiblement, cela rapportait bien», et je me levai fièrement avant qu'il ne me congédie.

Dans le couloir, je croisai infirmiers et secrétaires, qui venaient à sa rescousse pour me mettre dehors. La sonnette d'urgence existe donc bien.

Finalement, il était vraiment dans le cumul rémunérateur de postes.

Ces expériences malheureuses de mon début de transition m'ont apporté la leçon qu'il fallait prendre en main ma destinée médicale, et ne plus la laisser au bon vouloir d'incompétents voraces.

Je partis donc à la recherche de vrais spécialistes.

Mon besoin immédiat était double, avec la psychiatrie et l'endocrinologie, et dans ma petite ville rurale ne restait plus qu'à explorer la piste de deux psychiatres libéraux.

Je téléphonai au premier dont, rien qu'à l'entendre, j'eus l'image d'un savant fou échevelé.

Je lui expliquai que j'avais un besoin particulier et inhabituel et, sans que j'aie le temps de finir mon explication, il me coupa la parole :.« C'est pour le permis de conduire ? »

« Euh… non », continuai-je, et quand, finalement, s'étant tu, il comprit, il devint agressif comme si je lui faisais perdre son temps.

Ne me restait plus qu'une chance, mais je mis quelques jours pour me décider à téléphoner, le dépassement d'honoraires du secteur deux n'étant pas pris en charge dans les remboursements.

Au téléphone, j'eus une femme à la voix douce et posée, et ça changeait de l'hurluberlu qui me faisait partager en direct et d'emblée les affres de ses pensées.

Rendez-vous fut pris pour la semaine suivante, avec des propos apaisants pour le dépassement.

Rétrospectivement, j'ai su depuis ce moment-là que j'avais affaire à une professionnelle chevronnée.

Bien entendu, tout le temps de la première séance passa à expliquer ma situation, et ce que j'en savais sur le parcours trans, qui demeurait encore flou, ainsi que mes attentes.

Le poids de la charge financière me fut enlevé, car elle me dit adapter ses tarifs, et ne facturer qu'au tarif de l'ALD, si besoin.

C'était intellectuellement une belle personne, au-delà de son véritable professionnalisme.

Après deux ou trois séances, le temps certainement de colmater son savoir sur la question transexuelle, arriva le test de personnalité.

C'est un peu la base : déterminer qui est la personne, et aussi s'il y a d'autres maladies mentales, car c'est vu officiellement comme ça.

D'ailleurs, elle n'en fit pas secret et me dit un jour : « La médecine ne sait pas ce que c'est, ni comment, ni pourquoi. »

Une chose est sûre, c'est la différenciation entre ce qui se passe dans la tête et dans le corps.

« Pour ne pas laisser les malades à leurs souffrances, nous abondons (les médecins) dans leur sens, et intervenons sur le corps, car c'est la tête qui dirige tout.

Que l’on me considère comme dingue ou je ne sais quoi m’importait peu maintenant, car ces mots qu'elle me disait là sonnaient en moi juste et vrai.

Une seule chose comptait pour moi : le résultat final, qui était d’avoir un corps féminin, pour laisser s’exprimer la femme que j’étais, et je concédai les futilités imposées.

Je fus épatée par les résultats du test, car des traits de caractère que je me connaissais en sont ressortis ; ainsi que le fait que je n’avais pas « d’autres maladies mentales », et c’était le but.

C’est important pour le monde médical de poser un diagnostic correct, de ne pas se fourvoyer et amener les patients dans un quiproquo médical. Comme c'est important pour nous de pouvoir montrer patte blanche, et pour moi de me connaître.

C’est en ça que je suis en porte-à-faux avec certaines organisations nationales, qui rejettent ce principe et prônent la dé-psychiatrisation. Le Transfastfood, non merci ! C'est d'abord pour moi que je l’ai fait, pas pour une idéologie militante. Et c’est important d'avoir la vérité.

Comme nous étions à l’unisson, ma psy me livra qu’elle apprenait avec moi, car elle n’avait jamais accompagné de personne transexuelle. C’était bien, surtout que je ne l’avais pas perçu, et ce fut aussi le début d’une conviction pour moi : je n’aurais que des femmes comme intervenantes médicales. Avec elles, c'est plus simple.

Elle était efficace, et, que je sois la première dans son référentiel ne me gênait pas. Qu'elle n'ait pas de discours trans non plus, je ne suis pas militante.

L'étape du test passée et nos papotages allant bon train, arriva un deuxième test, sans doute conditionné par les résultats du premier et de nos échanges. Il s'appelait MMI quelque chose.

Je compris la précaution de « le faire chez soi à tête reposée, quand on a le temps », car je suis venue à bout de ses cinq cent questions en QCM à cinq possibilités en deux heures, ne voulant pas fausser le résultat en m'arrêtant et reprenant plus tard, mon état d'esprit ayant pu changer entre temps.

Nous avons encore fait plusieurs séances et, un jour, elle me dit : « Vous m'avez apporté du tracas. Une nuit, je n'ai quasiment pas dormi. Je me demandais si je devais faire la lettre. »

La fameuse lettre du psychiatre, qui est le passeport international pour voyager en soi, vers le reste du parcours. Et, ce jour-là, elle me donna cette fameuse lettre.

Tant qu'elle ne me l'avait pas donnée, j'étais anxieuse, car je savais qu'avec elle il n'y avait pas de complaisance.

Je l'avais enfin dans les mains et j'étais heureuse.

Le temps de rentrer chez moi, j'étais tenaillée par le fait de savoir ce qu'elle avait écrit, car, dans mon esprit, cette lettre ne devait qu'être positive, mais qui sait ?

J'étais dans un état incontrôlable et indéfinissable lorsque je lus que « madame xxxxxx Xx Xxxx est atteinte de transexualisme….»

Maintenant, l'étape suivante était de trouver l'endocrinologue, ce qui était plus compliqué, n'ayant pas de réseau pour accéder à quelqu'un de compétent.

Je n'avais pour le moment qu'une demi-réponse d'un hôpital proche, où une endocrino intellectuellement honnête acceptait, mais pour faire seulement le suivi, ne se sentant pas capable d'en prendre la responsabilité.

De guerre lasse, je me confiai à Caro, et lui demandai qui s'occupait de son THS (traitement hormonal de substitution), ce levier qui fait que le corps change pour être à l'unisson de ce que l'on est.

Elle me donna les coordonnées, et je pris vite rendez-vous à Paris, près de l'arc de triomphe, avec celle qui a initié un si grand nombre de THS, cette femme incontournable du petit monde; l'endocrino des trans en quelque sorte.

Je réussis à faire un montage médical, dans le fait qu'elle initie mon THS, mais que je fasse le suivi localement, en collaboration avec elle.

Les dés étaient lancés, et peu importait pour moi la table de jeu ou comment ils tomberaient, pourvu que ce soit côté femme.

Premier rendez-vous, je m'assois dans le seul fauteuil crapaud de la salle d'attente, dos à la fenêtre d'angle, car il est face au couloir menant au cabinet de consultations, celui à ma gauche arrivant de l'accueil.

Elle était une petite femme menue, à l'esprit envahi par la charge de son travail.

Toutefois elle n'était pas que ça, car elle eut un discours courtois et franc avec moi, et s'intéressa aussi à ma vie sociale.

Qu'elle ne fasse pas que signer des ordonnances me rassura.

Je rentrai de Paris soulagée que les choses se mettent enfin en place.

Au passage, cela me confortait dans l'idée que j'avais des femmes et des hommes du milieu médical, car j'avais eu une professionnelle devant moi, pas quelqu'un qui m'évaluait au gré de ses phantasmes et affres sexuels, dont pour certains matérialisés par ce que j'avais vu dans leur regard : voir en moi leur propre castration.

Commença pour moi une très longue liste de premières fois.

Premier traitement médical spécifique, premier passage par ma pharmacie pour autre chose que mon diabète, et je n'y allais que pour ça. Ce jour-là, les femmes de ma pharmacie eurent un regard mi interrogateur mi amusé envers moi, tout en restant discrètes.

Je commençais à dompter le regard des autres, et je remercie Caroline de m'avoir mise sur la piste du : « Le regard des autres, on l'a dans sa tête. »

La femme en moi était dans un début d'existence assez troublant, car inconnu mais tellement libérateur.

Je finis par très vite me ficher complètement des regards, et le mien était fait dans ce moments-là de « Je suis comme ça et je t'emme... »

Dans ma petite ville rurale, cela a été suffisant pour que les plus détraqués, projetant leur mal-être psycho-sexuel sur moi, sachent que la chatonne lovée près du poêle rougi s'était parée de griffes, et qu'un coup de patte de ma part les découperait en rondelles. S'ils avaient des problèmes dans leur tête, je n'étais pas sur terre pour être leur exutoire et leur souffre-douleur. Qu'ils ne comptent pas se guérir à bon compte en m'insultant.

Donc, pour la première fois de ma vie, j'allais bien, et cela de mieux en mieux.

Tous les instants de mon quotidien, je les regardais à la couleur de mes nouveaux yeux sur la vie, et dans la nouvelle expression de mon corps.

NOUVEAU PRÉNOM

Le poids de masculinité que j'avais devant disparaître, c'est devenu une traque irraisonnée.

Dans l'ordre des choses, je commençai par celles facilement maîtrisables, dont mon prénom. Certains sont enclins de penser que l'on souhaite s'appeler Jennifer, Lætitia, ou je ne sais quoi d'autre, mais c'est juste le plus souvent dans l'esprit de ceux voyant le transexualisme comme une perversion, où l'on se parerait d'un prénom comme d'un porte-jarretelles.

D'autres, ayant plus de sagesse ou de respect, s'imaginent qu'il suffit de prendre l'équivalent féminin de celui dont on a été affublée jusqu'à présent.

Ce n'est pas si simple que ça. Le symbole du prénom est fort, et d'ailleurs quasiment toutes mes amies trans sont dans cette confirmation que nous avons déjà un prénom en nous.

Vivre enfin cette uniformité que l'on est dans tout notre être est une marche en avant inéluctable et délicieuse. C'est une sorte de naissance à nouveau. Ça l'est aussi dans le choix d'un prénom.

Quand cela s'est imposé à moi, je n'ai pas tourné longtemps dans ma tête cette réflexion : une matinée à soupeser les différents aspects, et plus par acquis de conscience.

« Ah oui ? Et pourquoi comme ça ? » ou, plus subtil, « C'est un prénom phonétiquement androgyne ». Ce sont les questions qui me sont le plus souvent adressées.

Eh bien non, finalement, c'était très simple. Ce prénom, je l'ai choisi par fidélité à mes parents car, si parfois je pourrais avoir un peu de défiance, je ne leur en veux pas de ne pas avoir su, comme au reste de la terre entière non plus.

Finalement, je l'ai choisi car à l'époque de ma naissance l'échographie n'existait pas, et les parents choisissaient deux prénoms pour le futur bébé, un pour chaque sexe.

C'est ainsi qu'ayant entendu toute mon enfance maman dire aux voisines dans son meilleur patois beauceron : « Si ç'avait été une fille, ç'aurait été xxxxxxx». J'ai respecté ce choix, et n'ai pas trahi mes parents.

C'était mon état d'esprit du moment, car il fallait bien admettre que je ressemblais plus à un « mec déguisé » qu'à quoi que ce soit d'autre. Mais au moins ma tête allait bien, et j'avais le plan pour la sortie de mon labyrinthe.

Donc, c'est ainsi, et de plus en plus, je que réalisai que ce parcours était un millefeuille où, certains jours, venait s'en ajouter une.

L'une d'elles fut étrange et amusante. J'allai faire des courses comme toujours, comme avant.

Comme avant, c'est le mot qui convient, car j'y allai affublée de vêtements masculins, peut être un réflexe pour ne pas me faire interdire l'accès au magasin, ou ne pas être suivie dans mes moindres pas par le vigile maison, discret comme un point noir sur le nez.

Dans la galerie marchande, à mon insu, je ne passai pas inaperçue.

Maintenant devenues des amies, les filles d'un magasin dans la galerie marchande me dirent : « On se posait beaucoup de questions. Le matin, tu passais habillée en homme, et l'après-midi en femme. »

Que tous ces moments sont ingrats, que ces errements vers sa propre vérité nous montrent ridicule, mais ils sont.

En moi, se joue une guerre impitoyable et sans merci entre mes hormones femelles et mes hormones mâles, celles haïes, celles qui ont rejeté dans des oubliettes le corps de femme qui aurait dû être le mien.

Le traitement que je prenais allait dans le sens de sa réhabilitation, et c'est sans sourciller que je pris tous les jours ce comprimé d'acétate de cyprotérone, que j'appelais avec mes amies le « tue-mec », de mon esprit joueur.

Mais dé-masculiniser n'était pas suffisant. Il m'était prescrit un gel m'apportant les œstrogènes que je n'avais pas en quantité suffisante.

Le résultat demeurait aléatoire, et le verdict du résultat l'était tout autant.

Sans chapeau pour cacher mon sexe, je pris des photos de moi nue devant le miroir de ma salle de bain, pour prendre date, pour voir l'évolution.

À un moment, en les comparant, j'allais bien voir les effets de mon THS sur mon corps.

Bon, me disais-je, l'essentiel était en place, même s'il fallait augmenter la dose d'œstrogènes, les effets n'étant pas assez flagrants.

Étrangement, c'est la période où je perdis le plus de temps, au moins dans le déroulement de la marche forcée en avant que je m'étais fixée.

L'argument était de taille, car il s'agissait de savoir quel chirurgien allait m'opérer.

Trancher était difficile, car d'un côté il y avait la Thaïlande, avec le réputé numéro un mondial des vaginoplasties, et de l'autre la France avec tous les autres pays, dans le classement subjectif des trans.

Vu de cette manière, le choix n'en était même pas un, et ce n'est que lorsque que l'on comparait ce qu'il fallait sortir de sa poche que la tendance s'inversait.

J'ai ainsi perdu presque deux ans, venant s'ajouter à ceux de la psy, à trouver un financement pour aller en Thaïlande. De guerre lasse, je finis par admettre que ce serait en France.

Cela n'étant pas de gaieté de cœur, je mis un point d'honneur à ce que ce soit celui considéré comme le meilleur ici.

Pendant ce temps-là, j'entrai dans une phase quasi routinière concernant la biologie : prise d'hormones et analyses médicales pour contrôler les taux.

Les effets commencèrent à se faire ressentir. Dans un premier temps, je sentis des choses qui bougeaient en moi.

Puis cela devint du domaine du visible : mes seins n'étaient plus seulement que de la peau grasse, bien qu'il ne faille pas encore parler de seins.

La pilosité passa aussi sous la coupe des œstrogènes, de manière plus rapidement visible. Elle disparut pour l'essentiel.

Assez vite, c'est le sexe, ce truc incongru qui m'a été refilé à la naissance, qui accusa des modifications importantes.

À mesure que la prostate rendait l'âme comme une vieille voiture, mes érections sont devenues non spontanées, puis minimes, et finalement inexistantes. Au moins, ce machin-là ne me casserait plus les pieds à exiger son tribut.

Pas encore complètement démasculinisée, je me ressentais neutre, et c'était déjà une grande avancée.

Mon parcours suivit son cours tranquillement, et je fus assez satisfaite de l'inclinaison des choses, qui allaient dans le bon sens.

CASE HÔPITAL

Dans ce mois de juillet deux-mille-quatorze, j'avais rendez-vous à l'hôpital, à Lyon, avec celui réputé être le numéro un français, que j'appelle par commodité NMJ.

Comme cela faisait déjà plusieurs années que je plongeais dans l'inconnu, cela ne m'effrayait pas plus que ça.

C'était un hôpital comme tous les hôpitaux, sauf qu'ils y faisaient « ça » en plus. D'ailleurs, le chirurgien aussi, qui refusait de se spécialiser complètement, exerçait pour d'autres pathologies. J'entrai dans le cabinet de consultations un peu comme dans celui d'un DRH, sauf que je n'avais pas mes diplômes avec moi, mais des certificats médicaux.

Celui du psychologue attestant de ma transexualité, celui de la psychiatre l'attestant aussi, les résultats des tests qu'elle m'avait fait passer, mes résultats d'analyses, mes ordonnances…

Au moins, en amont, le plus gros était fait, et il ne pouvait décemment pas être dans le questionnement sur la véracité de mes propos, ni de qui j'étais.

Cela n'empêchait pas qu'il fallait suivre leur cheminement à eux, ce qui m'avait fait hésiter aussi.

Les praticiens que j'avais vus ne pouvaient être récusés, mais il fallait quand même prendre rendez-vous avec leur endocrinologue, leur psychologue et leur psychiatre.

Mon sort se jouait à chacun de ces nouveaux rendez-vous, en quelques minutes, mais tant que ce n'était pas négatif, je me fichais pas mal qu'ils insistent sur mon âge ou mon diabète.

Les recommandations étaient minimes, et je n'y prêtai pas vraiment attention. Sans avoir déjà de date précise, j'avais un horizon formulé en termes «d'un an et demi à deux ans », à la condition que la commission ait donné son accord.

Ce fut effectivement le cas, mais je ne le sus que bien plus tard. Le psychiatre en charge de m'aviser de l'accord l'aurait omis, de plus, il est parti en retraite.

Heureusement, un quiproquo dans un courrier me mit la puce à l'oreille, et je m'en inquiétai.

Bien que tardive, cette nouvelle fut un rayon de plus que je plantai dans mon soleil pour qu'il brille plus fort.

Puis arriva une consultation dans la période des « un an et demi ».

J'étais toute contente de m'y rendre, me voyant naïvement rester sur place pour être opérée immédiatement, presque là tout de suite, sur le bureau, comme se ferait un acte sexuel irraisonné.

Ce que je pouvais être rêveuse, quand même…

En fait de rester sur place, c'est plutôt KO debout dans le coin du ring que je restai, à l'annonce du chirurgien : « Maintenant, le délai d'attente est de quatre ans. »

Je lui exprimai mon désaccord, qu'il justifiait par plus de demandes.

Je contestai que des personnes qui, me semblait-il, avaient commencé leur parcours après moi, étaient opérées avant. Est-ce pour m'achever qu'il ajouta « quatre ans à partir d'aujourd'hui ».

C'est l'âme meurtrie que je fis le trajet du retour, tournant et retournant des questions dans ma tête, sur mon âge, sur sa volonté réelle de m'opérer. J'en venais presque à me dire « Cela en vaut-il la peine ? » Presque seulement.

Comme les adolescents que l'on ne voit pas changer, mais qui changent pourtant profondément, je passai mon temps d'attente dans une nouvelle adolescence.

Chaque jour ou presque, je découvrais un petit bout de mon moi nouveau.

Chaque jour aussi s'exprimait la femme nouvelle qui était en moi ; nouvelle pas vraiment, mais d'expression nouvelle.

Je me construisis une vie sociale intense, tous azimuts, et ça fit du bien au moral.

Vivre avec et au milieu des autres, c'était pour moi, qui avais presque plongé dans l'autisme tant je doutais, une nouveauté et un délice extrême.

J'en voulais et en redemandais encore et encore.

LA RADIO

Ma mauvaise situation financière, due au chômage, m'a inexorablement conduite vers le minima social, puis la solidarité, pour pouvoir manger.

Toutes ces personnes ayant eu une aide active ont compté pour moi, et sont dans mon cœur.

Parallèlement aux associations caritatives, qu'elles soient locales ou nationales, la maison des associations organisait des activités pour une nourriture plus intellectuelle, comme frein à la désocialisation.

J'y rencontrai là une animatrice, qui, dès notre premier contact, m'a regardée femme, et considérée femme. Au moins son regard ne me prouvait pas le contraire.

Très vite, nous avons sympathisé, et l'évocation de son enfance expliqua à mes yeux la compréhension qu'elle avait de moi.

Son voyage intérieur ressemblait au mien, consistant à retrouver dans la vie, ou dans notre mémoire, des bribes pour reconstruire au maximum le puzzle de nos vies.

J'ai aimé ces récréations où mon physique masculin ne comptait plus, et où l'on s'adressait à moi comme je l'exprimais.

Des activités de toutes sortes, allant de la cuisine à la couture, aux jeux de société le mercredi avec des enfants, au tricot qui me ramenait à maman et à ses larmes dans la cuisine, elle qui tricotait par nécessité, comme papa jardinait.

Une simple maille de tricot m'a ramenée cinquante-cinq ans plus tôt, lorsque maman m'apprit à tricoter, et qu'immanquablement, de l'une à l'autre, je resserrais les mailles au point de ne plus pouvoir y passer l'aiguille.

La présence douce et bienveillante de cette animatrice, m'expliquant encore et encore, ces mailles que je ne maîtrisais pas, qui ne passaient plus l'aiguille, ont été un moment étrange pour moi, car je les avais oubliées.

J'avais comme une deuxième maman, me laissant vivre ma vie de femme. Et elle construisait, sans le savoir ni le vouloir, un pont entre mon enfance de fille brimée et mon présent de femme dans le corps de quelqu'un d'autre.

Comme je n'avais pas de goût pour le tricot, malgré les moments d'émotion qu'il m'apportait, un jour, elle me dit : « Tu sais, à l'étage il y a une radio, et ils ont besoin de bénévoles. Si tu veux, ce serait bien pour toi »

Moi, comme toujours fraîchement débarquée de nulle part, j'appris qu'il y avait une radio associative. Et oui, effectivement, c'était plus dans mes goûts que de rater mon tricot.

Relativement timide dans mon approche, car il fallait me montrer femme dans un corps d'homme, je découvris ce qu'était une radio.

Je fus chaleureusement accueillie, bien que l'avenir allait me dire que ce n'était pas moi qu'ils accueillaient, mais une bénévole.

Je me suis beaucoup amusée à donner sur les ondes des recettes de cuisine.

Ce n'étaient pas n'importe lesquelles, car elles étaient commandées par le panier fourni par la distribution alimentaire.

Ayant découvert mon diabète juste avant que je me découvre, j'indiquais les taux de sucre et autres taux influant sur les analyses sanguines de contrôle.

Pour certaines, nécessitant des achats supplémentaires, j'indiquais les prix, parfois même je faisais une dégustation, comme pour le fish & chips.

Parallèlement, je découvris au détour d'une pensée qu'il fallait faire preuve d'humilité et, quoi que cela coûte à ma fierté, j'acceptai d'être assistée pour me nourrir.

C'est dans ce moment que je sentis le vent de l'enfer dans mon dos, fait de déchéance complète.

Je compris que faire une transition dans la rue devait être terrible, voire impossible.

L'interdépendance entre mon moi, ma vie sociale et associative s'auto alimentaient.

Dans ce même temps, je fréquentai toujours les activités proposées par l'animatrice, dont celle de cuisine.

Dans ces activités, je me suis liée avec une autre femme. Je passais parfois chez elle boire un café, et je dois dire que je l'intriguais beaucoup.

Avec le temps, nos conversations se sont affinées, dont l'une fut de plus d'importance que les autres, car j'y découvris qu'elle me voyait plutôt en travesti homosexuel. C'est ce qu'il me fallait entendre dans son : « Chacun est libre de son choix. »

Elle ne le savait pas, mais, si j'avais pu choisir… Mais, qui que l'on soit, choisit-on sa naissance ? Est-on responsable de ce que l'on est ? Nous ne sommes que jetés dans la vie, avec le maigre bagage que l'on nous donne.

Elle finit par en comprendre l'essentiel, que nous choisissons juste comme première étape de continuer dans la vie et de nous battre, tout le reste nous étant imposé. Et du coup, notre relation devint plus amicale, plus franche.

Mais comment pouvait-elle deviner qu'il y a peu encore je me posais la question : « Cela vaut-il la peine de continuer dans cette vie ? Quel espoir ai-je que cet enfer cesse ? » Puis

Caro, puis oui il existait des solutions, puis finalement la vie qui fit pencher la balance.

Pendant ce temps, mes activités m'évitaient la monotonie. Elles étaient un peu comme un rempart non seulement vers la déchéance, mais aussi un refuge et un tremplin pour que moi, je sois vivante.

Celles existantes ne me convenant pas, car elles ressemblaient à : « Viens pleurer avec nous petite sœur », je créai une association, car j'avais envie de me battre avec la réalité. Elle était donc destinée au soutien actif.

Cette association de terrain était là non seulement pour nous, mais aussi pour beaucoup d'autres.

Mes recherches m'ayant souvent fait croiser le monde des maladies dites orphelines ou peu expliquées, ou avec peu de moyens d'action, je voyais comme une évidence un point commun entre elles et la transexualité : la dystrophie.

Dans dystrophie, il faut lire : malformation ou mauvais fonctionnement d'un membre ou d'une fonction.

Nous concernant, il semblerait que la fonction ait dérapé au moment de la sexuation du fœtus, et que, femme pour mon cas, mon corps ait reçu des taux masculins de testostérone, ou pas assez d'hormones féminines : la fonction a déparé.

Et puis, les témoignages de ceux atteints de ces handicaps sont à la fois si bouleversants et si similaires dans la non vie qui est la leur, dans le regard de la société sur eux.

Toutefois, cela ne constitue pas un antidote et, bien que s'atténuant peu à peu, les effets de soixante ans de testostérone sont encore marqués.

Le médical envahit mon agenda, qui maintenant était peuplé de rendez-vous, comme autant de panneaux indicateurs balisant le bord d'une route méconnue.

Ma vie fut donc peuplée de médical, mais pas que de ça, car il y avait le reste de la vie.

Le cercle le plus large, fait de connaissances ou de personnes côtoyées de manière obligatoire, avait déjà pris son parti, et je vivais relativement bien ma vie publique. J'étais dans une parfaite tranquillité.

Je pense que c'était un atout de vivre dans une petite ville de quinze-mille habitants, où tout le monde ou presque se connaissait, au minimum se croisait dans les rues.

Bien entendu, certains, à leurs airs pincés, n'en pensaient pas moins de moi, mais ils avaient la grâce de ne pas l'exprimer.

Cela fait la différence avec les grandes métropoles, où, je suis d'accord, on est anonyme, mais les transphobes aussi, et eux ne se privent pas de le faire savoir.

MA VOIX

Un jour, à la radio, le destin me mit devant un prospectus d'une association organisant un stage de technique vocale.

Moi qui étais dans le rejet de ce bruit incongru sortant de ma bouche, que je considérais comme un vomi vocal, au point de ne pas pouvoir écouter les enregistrements de mes émissions, j'ai trouvé que peut-être quelque chose de bénéfique en sortirait.

J'étais toujours dans « éradiquer le masculin », et, s'il y avait un endroit où il se cachait, c'était bien là.

Les deux matinées de ce week-end de novembre furent riches en découvertes.

Jusqu'à maintenant, j'étais incluse dans des situations avec des hommes qui n'avaient pas d'épaisseur, à la saveur neutre pour moi, et étaient peu de choses, et avec des femmes pleines de vies.

J'étais encore un peu en dehors de ce jeu, mais il était moins abstrait que celui vécu durant mon enfance.

La seule chose qui me posait vraiment problème était le complexe d'infériorité que j'entretenais vis-à-vis des femmes. Je n'étais pas encore réhabilitée dans mon corps, et cela me semblait une frontière avec les femmes bio, diminutif que j'utilise pour : biologiquement femmes à la naissance.

Mon parcours étant fait de milliers de petites choses agglutinées, je mis un pied de l'autre côté de la ligne de cette pseudo frontière, un peu aussi parce que la situation s'y prêtait.

Dans mes vieux réflexes conditionnés, j'aurais dès le début trouvé le trou de souris où j'aurais pu courir me cacher le cas échéant. Là, il n'y en avait pas.

C'est très étonnant de voir comment une chose anodine à priori peut avoir tant de retentissements. Dans cette confrontation de moi avec les autres femmes, je n'avais donc pas d'autres choix que de dire oui, c'est comme ça.

J'étais face au monde féminin, qui vit loin du regard des hommes, et avec mon complexe, en plus du fait que j'étais là pour faire quelque chose pour ma voix, que je trouvais monocorde et sans âme.

Je la comparais à un fœtus de déni de grossesse, qui se cache dans un coin de l'utérus, ne grossit plus, et reste calme. Ma voix faisait tout pour passer inaperçue.

Ce tout petit stage a été pour moi le début de mon entrée dans un grand autre chose.

Déjà, j'y étais vue comme je me présentais, et ça n'a pas de prix que d'exister dans le regard de quelqu'un, et comme on est vraiment.

Pas comme le considèrent erreur génétique et état civil, et qu'il faudrait accepter ainsi, comme si nous étions si idiotes que ça.

J'étais venue avec une idée bien précise de ma voix : un vomi vocal qu'il me fallait à tout prix mettre au pas.

Cette femme, que j'appellerai Babeth, mit en œuvre l'étendue de ses connaissances sur le travail de la voix.

Comme nous n'étions que quatre, ce fut très productif, avec des conseils et mises en garde directs.

De petits exercices mirent en lumière ce qu'elle nous expliquait.

Je découvris ainsi la respiration ventrale, et aussi que le son n'est pas une chose que l'on jette de sa bouche mais juste la modulation des cordes vocales sous l'effet de l'air qui sort.

Je découvris qu'il y avait des possibles, et que ma situation était celle du moment, mais qu'elle n'était pas figée.

Ce trop court week-end m'a laissée pleine d'espoirs et d'envies.

Arriva très vite l'époque des vœux de nouvelle année.

Étant conquise par la gentillesse et le talent de cette Babeth, je ne manquai pas de lui présenter mes vœux.

Elle m'y répondit mais, comme elle était intelligente aussi, en plus d'être efficace, elle me glissa : « Si tu veux, lorsque que je viens ici, on peut se voir, cela fera du bien à ta voix. » Le « je viens ici » étant qu'elle n'habite pas cette ville, mais un village proche.

A la fois désarçonnée par cet inattendu, et bouleversée de cette offrande franche et amicale, j'acceptai cette proposition de cadeau.

En retour, elle me dit : « chorale tous les mardis soirs».

Moi ?! Dans une chorale ?! C'était une chose tellement improbable! Mais je me suis laissé aller à sa volonté déterminée de me faire progresser, et de faire en sorte que ma voix soit moi.

C'est ainsi que, le mardi soir suivant, j'allai mettre à l'épreuve d'une trentaine de personnes ma féminité et ma voix. Cela se passa comme dans une rentrée des classes, où chacun s'apprend et s'apprivoise, et j'y arrivais en cours d'année.

Ce n'est que bien plus tard que j'ai compris que Babeth avait tout prémédité dans son esprit. Toujours est-il que j'arrivai dans ce groupe déjà constitué, qui n'avait pas de grandes interrogations à formuler.

Peu d'entre eux m'ont questionnée, et encore, cela n'était que la politesse ordinaire.

Mon intégration s'est faite au fil de l'eau, au rythme des chants travaillés, dont je suis incapable de dire lequel fut le tout premier.

J'ai le souvenir de Babeth me disant : « Tu te mets à coté de ce monsieur et tu essayes de suivre, parce qu'au début ce sera compliqué, mais ça viendra avec l'habitude. »

Effectivement compliqué, car j'avais tellement de choses à synthétiser en même temps, comme vivre dans un groupe sans le subir, vivre en femme dans ce groupe sans me sentir déplacée, chanter, oui, déjà, chanter, mais chanter humblement, sans en avoir honte.

De toute façon, je n'avais pas là non plus repéré où il y avait un trou de souris pour m'y réfugier.

Honnêtement, je n'avais pas besoin de m'échapper des autres et, comme j'ai assumé le fait d'avoir un corps incongru, il fallait accepter la voix qui allait avec.

Je me dis : c'est la base, c'est de là que tu pars, sorte de point zéro.

En l'occurrence, « le monsieur » près de qui j'avais été placée chantait en basse, et c'est donc dans ce pupitre que j'ai commencé ma réhabilitation vocale, loin de mes rêves de soprane, que je ne serai jamais.

Notre répertoire était constitué de gospel, musiques de film, comédies musicales et autres morceaux de ce genre, mais, quel que soit le répertoire, cela convenait à ce qu'était mon inexpérience, ma voix, et ma manière de l'utiliser, à ce moment-là.

Pendant cette demi-saison qui restait, je me suis mise à l'épreuve du faisable et, dans un coin de mon inconscient, la petite fille qui chantait du Piaf et souhaitait avoir Tom Pillibi comme ami était ravie.

Septembre : rentrée des classes et rentrée de chorale. J'attendais avec impatience ce moment, et être impatiente, pour moi, était un bon signe.

Je n'avais pas encore tissé de liens à l'intérieur du groupe, car je n'y discernais pas encore les individualités, et ce n'était pas ma recherche première. Mais toutes ces personnes commençaient à me manquer.

Comme pour apprendre à faire du vélo, où l'adulte finit par lâcher l'arrière de la selle, mon apprentissage se finit, au moins pour la partie « prise de repères ».

Bien après avoir exploré le pupitre des basses, Babeth me cadra dans une voix plus haute.

Un peu parce que j'adore les défis, un peu pour ne pas la décevoir et donc lui faire plaisir, un peu aussi par fierté et par reconnaissance de la confiance donnée, je chantai donc là où elle m'assigna.

Je n'ai que très rarement triché, et ce n'est pas cette fois encore que j'allais le faire. Je ne pris pas à la légère cette proposition, que je fis mienne, sérieusement, et sans être dans le faire comme.

Les voix des autres s'étaient déjà imprégnées en moi, dans ces quelques mois de l'année précédente. C'est ainsi que je commençais à en discerner certaines, et à mettre un visage dessus. Se mettait en place un critère du chant en chorale qu'est l'écoute des autres.

Notre cheffe de chœur nous faisait travailler avec acharnement ! Travailler et travailler encore des morceaux appris anciennement, des nouveaux, où parfois l'on s'arrêtait juste sur un mot ou bien un son, pour le recommencer dix fois, cent fois s'il le fallait, et c'était exactement ce qui me convenait.

Le fait d'avoir plusieurs palettes de sons à entendre m'aidait beaucoup dans l'apprivoisement de ma voix.

Elle n'était pas avare d'images comme : « Allez chercher le neurone du haut », « Vous respirez quand vous commencez à être bleus »... Elle avait de ces images amusantes pour forcer notre acceptation du difficile, et, certains de son savoir, nous rabâchions sans cesse, quand il le fallait, ce qu'elle nous donnait à apprendre, comme les tables de multiplications ou les verbes de notre enfance scolaire.

TOUT S'ENCHAÎNE

Je commençais à être bien en moi, dans ma vie, dans mes activités.

Évidemment il y avait un manque dans l'affectif et le sexuel car, étant seule à mon début de parcours, j'ai décidé que ce serait ainsi jusqu'à la fin; c'est-à-dire ma complète réhabilitation.

J'étais suffisamment bien dans ma vie et dans mes objectifs, dans mes certitudes de vie future que, dorénavant, c'était bien la femme que j'étais qui donnait à se monter aux autres, et ce qu'il y avait dans ma culotte, personne ne le voyait. Comme me le dirait si bien, plus tard, une psy : « Vous êtes femme et, si on ne regarde pas dans votre culotte, personne ne le sait. »

La radio aussi remplit ma vie d'occupations, je m'y investis au maximum.

Vint un jour en challenge une émission dont le seul but était de boucher un vide de quinze minutes dans la programmation, et de proposer une émission musicale par jour, chacun des cinq animateurs bénévoles ayant sa semaine.

Après quelques émissions, l'inspiration vint à manquer un peu et, bien que chacun ait un style musical différent, ce n'était pas simple de ne pas faire de redite, de trouver un fil conducteur à chaque journée, et de trouver les enchaînements entre les quatre à cinq titres de l'émission, suivant leur durée.

J'ai adoré avoir cet espace de liberté, proposer sans restrictions des choses que j'aimais, et m'user les neurones à soupeser chaque mot pour magnifier les titres proposés.

Ma vie musicale de ce moment-là a dépassé mes simples envies, et mon savoir en la matière.

J'ai fouillé internet pour une émission consacrée au blues, pour y trouver des sons intemporels, avec des voix aussi éraillées que les guitares, comme désaccordées, qui, dès les premières notes, dessinaient dans le ciel un soleil accablant.

Je trouvai un trésor musical, pour lequel j'admets une petite fierté d'avoir mis les mains sur cet enregistrement « dans son jus », où les sillons de soixante-dix-huit tours craquent comme des chips, malgré que les paroles soient frustres.

Tous ça respirant évidemment le sud-américain, les champs de coton, la poussière et le soleil de plomb.

Parallèlement, dans cette nouvelle saison de chorale, nous avons déménagé, car l'école primaire où nous répétions était maintenant fermée. Donc, comme un passage « chez les grands », nos répétitions eurent désormais lieu dans une salle à l'arrière-cour d'un collège, salle d'ailleurs plus adaptée.

Babeth, dans le pari dont je suppose qu'elle s'était fait à elle-même de me faire progresser, mit en place des compléments dans la lignée de « si tu veux, on peut se voir...» Et elle en profita pour utiliser le temps, lorsque nous arrivions toutes les deux en avance.

Une fois tout mis en place, de sa façon ferme mais gentille, elle me faisait me mettre face à elle, qui pianotait des gammes et, ainsi, elle m'entraînait dans des sons dont parfois je n'avais pas soupçonné que je puisse y accéder.

Elle était, à raison, extrêmement rigoureuse, et moi, ayant parfois un comportement enfantin, j'étais exposée à sa rigueur, mais tellement heureuse que ce soit comme ça.

Combien de fois m'a-t-elle dit : « Tiens-toi droite », « Arrête de gigoter », « Ne te distrais pas », « Regarde-moi ! »

Merci Babeth de ces offrandes.

Elle ne me le disait pas dans nos tête-à-tête, mais elle tentait de me faire trouver ce fameux « neurone du haut », chanter avec une voix féminine.

Sa maîtrise immense du chant et de la mélodie, elle me l'inculqua, avec tous les autres, dans les répétitions, mais aussi dans ces moments si délicieux en tête-à-tête.

Chanter, dans son esprit, n'était pas seulement produire du son, mais aussi comprendre comment il se créait et où il se créait.

C'était aussi un peu comment chacun le vivait et le faisait vivre, car il serait dans la teinte de l'émotion qu'on lui donnerait.

Babeth, c'était un vrai travail avec la voix, bien autre chose que la plupart des chorales qui « chevrotent » quelques tubes de variété émoussés, ou chantent seulement à l'unisson.

Parfois, il y avait du désaccord, principalement lorsqu'elle était satisfaite de moi, et que moi je ne l'étais pas.

Je trouvais étrange qu'elle me dise parfois : « Tu es montée haut, et tu as une voix presque soprane, presque mais quand même», alors que dans ces moments-là, je ne percevais de moi qu'une voix morte qui arrivait à pousser deux notes.

J'ai plusieurs fois exprimé mes doutes, en lui disant que je chantais faux, alors qu'elle m'assurait que j'avais chanté ces vocalises-là justes, à quatre-vingt pour cent.

Combien de fois avions nous eu ce décalage de perception, qui me faisait remettre en cause mon jugement, car je savais le sien juste et le mien subjectif, je savais le sien sans fioritures, et incidemment, cela me rapprochait de ma vraie voix.

La jalousie étant le mode d'expression favori des envieux, j'y fus confrontée au détour d'une conversation : « Babeth te donne des cours à part avant les répétitions… Elle te fait répéter seule, j'aimerais bien aussi. C'est gratuit, ou elle te fait payer ? »

Je m'en étais ouverte à Babeth, qui faisait ce qu'elle voulait de son temps, ainsi que moi d'ailleurs. Mais, pour la cohésion du groupe, je me suis arrangée pour ne plus venir trop tôt. Maintenant, je regrette de ne pas avoir pris un peu plus de ces bons moments-là.

N'ayant plus ces instants uniques, elle les continuait pourtant en dirigeant la chorale d'une main et moi de l'autre, avec l'index parfois levé pour dire « plus haut », pour aller chercher le neurone du haut et, comme elle le répétait inlassablement : « Plus haut ne veut pas dire plus fort », erreur que font beaucoup de débutants, comme celle de chanter dans une voix idéalisée plutôt que la sienne.

Cette réflexion était souvent accouplée à « la voix, c'est la chorale dans son ensemble, et chaque personne n'en est que le trentième ». Car à ce moment-là, nous étions environ trente.

Avec elle, qui continuait à me cornaquer, j'avais tant de similitudes de caractère.

Elle me donna des petits bouts de responsabilités délégués dans des : «Peux-tu me faire ceci, cela ? » Toute sa délicatesse s'exprimait dans cette manière de laisser entendre que je lui rendais service.

Elle me demanda même de prendre des responsabilités dans l'association. Comme je participais encore à la radio, je le refusai aimablement, ne voulant pas me surcharger, car parallèlement, le médical me prenait toujours beaucoup de temps.

Aujourd'hui, j'y pense.

Notre activité n'était pas seulement du travail ou de se donner des petits plaisirs stériles en répétition. Nous donnions aussi des concerts, et c'était d'ailleurs dans mes attentes.

Le premier que je fis est dans ma mémoire. C'est ce concert au théâtre municipal, qui allait servir de base pour enregistrer un CD, bien que j'aie été présente à la fête de la musique précédente, où je n'avais fait que chantonner devant un petit groupe de personnes.

Dans les coulisses, l'effervescence était à son paroxysme. Le couloir était envahi de nerveux se calmant en l'arpentant dans tous les sens. La loge grouillait de gestes fébriles, je réprimais mon complexe d'infériorité face à ces femmes bio, si belles maquillées. J'étais aux anges de partager cet endroit simplement et sans fausse pudeur.

Dans ces coulisses, certaines avaient l'estomac noué, et communiquaient un peu de leur stress aux autres.

Pour ma part, je tentais de ne pas y succomber, malgré le fait que, bien qu'étant intégrée, je n'étais pas en osmose complète, et que je n'avais jamais mis les pieds sur une scène, devant un public.

Je gardais une petite pression cependant, car être trop décontractée aurait pu être fatal.

La salle était pleine. Madame la maire, le ban, l'arrière-ban, ainsi que le public qui avait fini par arriver, prenaient tous les sièges, certains restant même debout.

Le noir. Le silence se fit.

La pianiste, comme pour se chauffer les doigts et discrètement réclamer le silence, fit quelques notes, puis, comme sortis de nulle part, nous chantâmes notre premier chant.

Notre entrée, plusieurs fois répétée, fut réussie… petite victoire.

Les applaudissements, que moi je donnais avant, nous les recevions.

Je ne suis restée spectatrice de nous-mêmes que quelques notes, dans une sorte de suffocation, puis je me suis oubliée. J'ai oublié ce qu'il y avait autour de moi. Je n'étais plus qu'un instrument vocal à l'unisson des autres, à donner de l'émotion au public. «La voix, c'est la chorale. »

Mille fois merci, Babeth, de nous avoir sans cesse fait répéter, pour que nous n'ayons plus d'interrogations sur le texte et sur comment le chanter, et nous permettre d'être en communion avec notre public, qui a reçu ce que nous voulions lui offrir. Et nous avons croulé sous les bis et les applaudissements.

À notre vingtième chanson, nous étions prêts à en chanter encore autant. La nuit n'avait plus de fin puisqu'il n'y avait plus de temps, seulement du plaisir partagé.

Oui, sans trop s'en rendre compte, le concert était fini et, dans les coulisses, nous étions comme les abeilles d'une ruche, à s'échanger notre joie, notre fierté, nos plaisirs partagés, nos petites déceptions de n'avoir pas fait mieux à cet endroit-là, ou à tel autre.

Ce jour-là, j'ai compris que je ne partirais jamais de cette chorale. La petite fille s'enivrait de chants, et cela la comblait de bonheur, que ce soit dans ces moments aux enjeux importants, comme dans les concerts de soutien à des associations, ou dans les chants de noël pour les enfants.

Le bonheur de chanter était partout, dans des messes de mariage aussi, à l'émotion si particulière. Nous donnions toujours tout de nous, qu'il y ait deux cents personnes ou seulement quelques-unes. Chaque fois était un nouveau défi, mais c'est la tête haute que nous les relevions, car chaque fois était une offrande.

Défi comme celui de chanter le thème du film « 1492 : Christophe Colomb ». [(7)]

Le lieu était la collégiale de notre ville, et la sonorité que renvoient les églises convenait bien à notre répertoire.

Le défi résidait dans le fait que nous interprétions ce titre pour la première fois en public, alors que nous ne l'avions chanté que quelques fois de bout en bout, même si nous en avions répété de nombreuses fois de larges passages, et les moments charnière.

Sans trembler, nous avons entonné :

« In no-re-ni per i-pe »

Nous n'avons à aucun moment perdu ce pseudo latin, et soutenu ce rythme exigeant jusqu'au bout.

A la dernière note Babeth qui, jusqu'à présent, était restée très attentive à nous diriger, comme toujours d'ailleurs, s'illumina d'un large sourire, dans lequel je compris que c'était gagné, que nous la tenions, cette chanson, que notre performance était à la hauteur des espoirs qu'elle avait placés en nous et de ses attentes.

D'ailleurs, pour le public aussi, qui, de par ses larges applaudissements, nous remercia.

Dans tout ça, la petite fille se projeta dans la femme qui chantait quelque part à la frontière d'alto et de ténor, avec les presque sopranes, des vocalises de Babeth en tête.

Dans cette voix, comme parfois elle me le disait : « Et toi, tu chantes où tu peux... » Non par désintérêt, mais au contraire à la meilleure place que je puisse assumer vocalement, dans une sorte de droit d'être à part, comme le sont les solistes.

Comme de ces fois où, en répétition, elle me faisait venir près d'elle dirigeant derrière son piano, face aux autres.

Cela avait le goût de la punition, de turpitudes scolaires, mais nous en étions loin, car c'était aussi être à la « meilleure place » pour apprendre à écouter les autres, à discerner les différents pupitres et les voix.

La première fois qu'elle me fit venir près d'elle, certains eurent les yeux ronds, s'imaginant la punition. Moi, je n'avais pas compris, mais n'avais pas d'inquiétude, et c'est amusée que j'y suis allée.

J'étais chanteuse aux yeux de Babeth, du public, aux yeux du monde. C'était tellement fort, et cela me donnait tellement de fierté d'exister.

Au plus mauvais de nos jours si particuliers de transidentitaires, nous espérons tant exister dans les yeux de quelqu'un.

Quels mots donner, s'ils existent, pour remercier Babeth qui, au-delà de me donner une voix, me permettait de vivre.

Je suis chanteuse au quotidien et, dans mes rêves, je suis diva, et pour ça tu as mon indéfectible reconnaissance.

J'arrivai au seuil d'une apogée, car Babeth soumit au volontariat de chanter dans une chorale éphémère, et, comme la naissance d'un enfant, nous vîmes naître et grandir cette œuvre.

Le projet était grandiose et ambitieux.

Un couple d'artistes, ayant eu un livre d'écrou d'un bagne d'enfants, fut saisi d'un ressenti profond, et le motivait ainsi :

« Quand nous avons reçu le livre d'écrou en héritage, la nécessité de le porter à la scène ne nous a pas quittés. Il nous fallait trouver un souffle puissant pour rassembler les générations, de part et d'autre de la scène. Le choix du chœur s'est imposé. La voix est une onde intime. Le chœur symbolise la puissance vibratoire d'une communauté. J'ai imaginé une forme chorale pour entourer, soutenir l'enfant des bagnes » (8)

Là, à ce moment précis, commença «Chœur d'enfance ». Tout allait s'agglomérer et Babeth, qui n'était jamais la dernière, nous cornaqua dans ce début d'œuvre.

La pianiste qui nous accompagnait lors des concerts qui, elle aussi, était bardée de diplômes, en écrivit la musique.

C'était très étrange que d'avoir des textes qui évoluaient de répétitions en répétitions, car nous les apprenions au fil de l'eau, au fur et à mesure que paroles et musiques s'écrivaient définitivement ou presque, et sans suivre la chronologie définitive de l'œuvre.

Au début, je n'aimais pas trop, mais c'était mon côté « besoin de certitudes » qui parlait.

Toutefois, c'était rafraîchissant d'avoir les choristes de la ville d'à côté qui venaient avec nous découvrir et apprendre.

Nouveau défi à ma féminité, car j'y chantais « ténorette », comme deux autres femmes de l'autre chorale, mais ce n'était plus dans le cercle fermé de notre chorale.

Avec les semaines, les chorales s'agrégeaient, et allaient donner des concerts aux alentours.

Avec les semaines, le puzzle se combla dans le sens où l'écriture se structura en début et fin.

Avec les semaines, nous avons compris l'ampleur du projet car, dans d'autres territoires, d'autres chorales faisaient exactement la même chose que nous, sur le même texte et la même musique.

Comme une révolution qui montait, nous convergions tous vers le même chant, le même cri.

Ce moment vint lorsqu'en mars deux-mille-dix-sept tous les groupes se retrouvèrent dans cette chorale éphémère, forte de trois-cents personnes, pour un concert unique .

J'étais fière de chanter pour les enfants des bagnes, fière de les mettre dans la lumière et devant les yeux du monde.

J'étais dans l'ignorance que cela serait si douloureux pour moi, car j'ai déterré un poignard du sable sous lequel il était enfoui, exactement là où j'avais enfoui mes souvenirs assoupis.

Ce poignard allait me transpercer de part en part, et rien, ni aucune armure, ne m'en protégerait, alors que les plaies qu'il ouvrait étaient larges et profondes.

Ce jour-là, j'ai chanté comme si j'avais un enfant sur mes épaules et le montrais à la face du monde. Comme chacun d'entre nous, pendant l'énoncé des noms par le récitant, comme l'appel du matin, j'ai levé la main pour celui pour qui je chantais.

Dans ses souffrances vécues, je revivais les miennes.

« Le jour, la nuit, combien de temps dure le crépuscule »

Comme eux, mon cœur criait la détestation et le refus:

«J'irai pas… j'irai pas… j'irai jamais plus dans leur maison de trous du cul. Ça crie, ça pleure, ça prie, ça pue »(9)

Non, je ne veux plus jamais le revoir, cet infâme orphelinat.

Tout autour, les autres choristes me portaient, car j'accrochais ma voix à la leur, comme toujours, mais cette fois il y avait aussi la petite fille de l'orphelinat qui, dans mon cœur, pleurait sur les notes lancinantes de la guitare électrique.

Pendant ce temps, dans la réalité de la vie, le médical était devenu routinier, et mes rendez-vous avec mes intervenants choisis n'avaient plus l'importance que de passages obligatoires, car le parcours à venir était sans surprise.

Pourtant, s'approchait une échéance importante, celle tant attendue, et pas seulement dans mes désirs profonds, car tout convergeait vers mon moi.

Ce moment se matérialisa au travers de la convocation que je reçus de l'hôpital, pour ce moment tant attendu qu'était la réhabilitation de mon corps dans ce qu'il aurait dû être.

ÉPILOGUE

Ne laissez jamais votre vie en jachère. Battez-vous inlassablement. N'abandonnez pas le futur au hasard, aux autres, au mauvais sort, dans les mains de n'importe qui…

Vous seuls êtes capables de faire quelque chose pour vous, et lorsque vous aurez réussi, vous aurez votre estime et serez enfin libres et fiers de vous.

Ne perdez pas de temps à pleurer sur votre sort, à rechercher de fausses amitiés, qui seront autant de boulets à tirer.

Ne laissez pas non plus les épreuves de la vie vous zébrer la peau de leur fouet.

Je me suis battue, encore et toujours, pour ne pas laisser ma vie dans une perspective misérable, parce qu'il m'était insupportable qu'elle soit une attente stérile de la mort.

Sachez que la force de mon cœur et l'amour de la vie m'ont portée.

À mes parents,

mes frères et sœurs, principalement Yan,

mes enfants et petits-enfants.

À Babeth.

À mes petites sœurs, principalement Caroline, à qui je dédie toujours « Que serais-je sans toi » [(10)], Rania, petite sœur céleste et infatigable complice, Isabelle, Jeanne, Youna, et toutes celles que je ne peux nommer.

À mon papillon, qui s'est envolé un jour, me laissant seule avec mon amour, et a suscité cette envie d'écrire ma vie pour me vider de tout.

Très affectueusement

REMERCIEMENTS

Je tiens à remercier, à différents chapitres, et dans la chronologie de ma vie :

Mon collégien sauveur,

Caroline, traileuse en mocassins, pour la bonne cause,

Tom Reucher, psychologue clinicien,

Ma psychiatre,

Mon endocrinologue,

Babeth et toute la chorale,

Benoit Schwartz et Cécile Mangin, de la Compagnie Bao Acou

Nicolas Morel-Journel, chirurgien réparateur de situation compromise.

RÉFÉRENCES

(1) Michel Strogoff, de Jules Verne, paru en 1876, probablement version de 1956.

(2) Tom Pillibi, chanson gagnante de l'Eurovision en 1960, chantée par Lucienne Boyer

(3) de Francis Lemarque en 1951

(4) Aux bonheur des dames, roman de Émile Zola, onzième volume de la suite des Rougon-Macquart.

(5) Un jour au mauvais endroit, Calogero, 2014

(6) Tom Reucher psychologue clinicien à Brest, fondateur de l'ASB, de l'Existrans, et du site transidentite.free.fr

(7) film de Ridley Scott, 1992, titre original : Conquest of paradise.

(8) Compagnie Bao Acou - Benoit Schwartz et Cécile Mangin

(9) Chœur d'enfance, de Benoit Schwartz, musique Frédérique Lory, direction artistique Cécile Mangin.

(10) Poème de Louis Aragon, en 1956, chanté par jean Ferrat en 1964.

TABLE DES MATIÈRES

Imprimé sur papier **Clairefontaine** fabriqué dans les Vosges.

Achevé d'imprimer sur les presses de l'imprimerie
Centre Littéraire d'Impression Provençal
www.imprimerieclip.fr
contact@imprimerieclip.fr